みんな蛍を
殺したかった
木爾チレン
KINA CHIREN
二見書房

みんな蛍を殺したかった

From：木爾チレン

Mail Box

装画：紺野真弓
装幀：坂野公一（welle design）

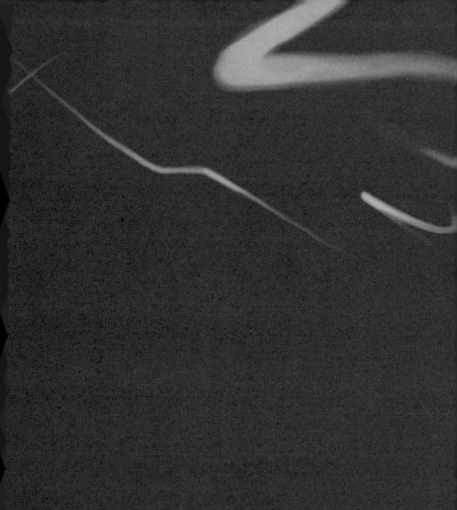

non title

血の雨が降った線路上に、テディベアのストラップがぶら下がった白い二つ折りのケータイ電話を握りしめた少女の右手が落ちている。
蜘蛛《くも》の巣状にひび割れた液晶画面には、一件の未送信メールが表示されていた。

2007/06/11 23:58
From: 七瀬蛍《ななせほたる》
Sub: 永遠の親友へ
　私を殺してくれて、ありがとう

バラバラになった少女の遺体を、美しいと思う者は誰もいない。
けれど少女は――それを望んでいた。
ホームへと弾《はじ》き飛ばされたもう片方の手が、力尽きたように、ゆっくりとひらかれる。
てのひらからは、光と闇を交互に映しながら、蛍が一匹、宙へとこぼれた。

Sub: 私たちの黒歴史

2006/12/01
From: shiori nekoi
Re: 蛍《ほたる》が飛びはじめた日

あれは三年前、丁度、蛍が飛びはじめる頃でした。

「栞《しおり》……もしもこの世界が不幸でどうしようもなくなったら、小説を書いてみなさい。お前にはきっと、才能がある。どんな悲劇が起こっても、それを物語に書き記せば、ほんの少しでも楽になれる。もしかしたら、同じ気持ちの読者《だれか》を救えるかもしれない。だけど、何があっても、自分の物語をとられてはいけないよ……わかったね」

急病で入院する前から、骨が透けて見えそうなほど痩せこけて、骸骨といっても過言ではない体の、どこにあんな力が残っていたのでしょう。亡くなる二日前父は薄暗い病室を出ようとした私の腕を強く摑《つか》み、掠《かす》れた声でそう言いました。

「……はい」

気迫に圧倒され思わず頷《うなず》いてしまったものの、正直あまり、意味は――わかりませんでした。それまで私は小説など書いたこともなかったのです。

血が繋《つな》がっているという責任感だけでお見舞いに行きましたが、生まれてからこれまで父とはまともに口を利いたこともありませんでした。

父は働きにも出ず、年がら年中、自室に引き籠っていたからです。

だから家《うち》は、母の仕事の収入だけで生計を立てていました。

私は心底、父の存在を軽蔑していました。家族なので仕方なく一緒に住んではいましたが、排泄《はいせつ》のために部屋から出てきた父と廊下ですれ違うだけでも、気味が悪くて仕方がありませんでした。

でも私は――おそろしいくらい、そんな父に似ていました。

体質が遺伝したのでしょうか、どれだけ健康的な生活を送っていても、四十キロ以上に太ることができず、色白で、頬は窶《やつ》れて頬骨が浮き出ていました。

亡霊。その言葉が自分にはぴったりだと思います。

気味が悪いと避けられ、友達なんて一度もできた例《ためし》はありませんでした。

しかし誰に陰口を叩《たた》かれても、教科書に落書きをされても、上履きを隠されても、体操着を捨てられても、時にトイレの汚水を浴びせられるような酷《ひど》いいじめを受けるようになったとしても、私は平気でした。

「栞には、お母さんがいるからね」

学校から帰れば、母が毎日、まるで儀式のようにそう言って、私を抱きしめてくれたからです。この世の誰よりも美しい母の胸に強く抱きしめられる瞬間さえあれば、私は生きていられたのです。愛する人の体温という最上級の幸せに包まれ、その時ばかりは自分が醜いことも忘れられました。

けれど、父が死んでから――母はすっかり変わってしまったのです。

細胞が死んでいくごとに生まれ変わるみたいに、日に日に怒りっぽくなり、その表情から完全に笑顔は消え失せました。

「養ってあげているんだから、今日から、家のことはぜんぶやるのよ」

以前なら信じられないような棘《とげ》という表現では収まりきらない言葉も投げつけられました。

そして一年後には、もはや別人に変わり果てました。

「ねえ――気味の悪い顔で、私を見ないでくれる？」

大好きな母の顔を眺めてしまっただけで射るように睨《にら》まれ、抱きしめてもらおうと傍《そば》に寄れば、容赦なく左頬を打《ぶ》たれました。

今までのことがすべて演技だったとでもいわんばかりに、母はもう少しも私のことを愛してくれなくなったのです。それどころか、心の底から嫌悪しているだろうことも、ひしひしと感じ取れました。

「母がまた――私のことを愛してくれますように」

私は月に一度、近くの教会で開かれるミサに参加し、神様へそう祈るようになりました。クリスチャンという訳ではないのですが、神様の他に、私の声を聞いてくれる存在は思いつかなかったのです。

まるで聖母マリアのようにやさしかった母が、どうしてここまで変わってしまったのか。私の脳では理解ができません。あるいは理解したくなかったのかもしれません。だって世界中が敵でも、母だけは私の味方だったのです。母だけが私を愛してくれたのです。

しかし、私を疎んじるようになっても、母はちょっとした有名人でしたから、世間体を気にしたのか、私を施設に預けることはしませんでした。

私が高校へ上がる少し前のこと、母は過去を捨てるかのように家族で住んでいた東京のマンションを売り払うと、京都の町屋をリフォームした物件を購入し「はあ。なんで私がこの子の面倒を」などと頻繁に溜《た》め息を漏らしながらも、私も一緒に連れていってくれました。受験に合格し入学するつもりだった東京の私立高校の姉妹校である、京都市内の女子高校に通えるように手続きもしてくれました。

そういえば母は少女時代、京都に住んでいたと、小さい頃に話してくれた覚えがあります。きっと懐かしい地に帰れば、自分を取り戻せるかもしれないと思ったのかもしれません。

けれど京都に来てから、母は悪魔に魂を抜かれたかのように、とてつもなく無気力になり、どんどんと廃人のようになってしまったのです。

一日中家にいたとしても、高価な美顔器などで美しい容姿を保つためのケアは欠かさず、美意識だけはずっと高かったのに、化粧水すら塗らなくなり、箍《たが》が外れたようにカップラーメンなどのジャンクなものばかりを食べて、そのせいで吹き出物が酷いようでした。

「死にたい……愛されたい……死にたい」

真っ暗な部屋の隅で、母はうわ言のように、膝を抱えながらぶつぶつと呟《つぶや》いていました。


そんな私の暗闇に、眩《まぶ》しい光を放つ蛍が飛びはじめたのは——二〇〇六年の冬のことでした。

「はじめまして。七瀬《ななせ》蛍です。東京から転校してきました」

教壇に立つ少女の姿に、教室は一瞬、静まり返りました。

あまりにも整った顔立ちの少女でした。背中には羽が生えているのではないかと疑ってしまうほど異次元級に白い肌に、さらさらの髪は胸元まで伸ばされ、黒目がちの大きな瞳には、冗談みたいに長い睫毛《まつげ》が生えていました。

湿気臭い教室で、その美しさは浮いているようにも感じました。

「あ、でも、京都で生まれたらしいです。それと蛍って名前なんだけど、蛍を見たことは一度もないです。見られる場所があったら、教えてくれたらうれしいな。よろしくお願いします」

とぼけたように言って、少女——蛍は微笑みました。

美しさに加えて目を引くのは、名前の如《ごと》く、蛍の光を集めたような、ほんの少し黄緑がかった金色の髪です。

完全に校則違反の髪色でしたが、暗い色に染めなおせと注意するのは過ちであると断言できるくらい、蛍に似合っていました。

しかし髪色についての心配は杞憂《きゆう》だと知っています。

教室を支配する一二〇センチのルーズソックスを履いたギャル集団の中には、蛍には及ばないものの、相当明るく染めている子もいて、この偏差値の低い私立女子高校では、もはや髪色や服装の乱れについて、先生も注意するのをあきらめているのです。

「じゃあ七瀬、後ろの空いている席に座ってくれ」

「はい」

自己紹介のあと、席を指示され、私の机の横を通り過ぎるその姿を目で追いながら、ふと、誰かに似ていると感じました。けれど、その圧倒的な透明感にすべての思考はかき消されてしまい、そのときはわかりませんでした。

蛍が席に着くと授業がはじまりましたが、私は今まで味わったことのない高揚感の中でぼんやりと、この教室のメンバーで『バトル・ロワイアル』がはじまっても、蛍だけは死なないだろうなと、妙な妄想に耽《ふけ》りました。

なぜなら最後まで生き残るのは、いつだって特別に可愛い女の子と決まっているのですから。


「しかし……あんなに可愛い子が転校してくるなんて、ついに二次元の世界に入れたのかと思ったな」

放課後、本体をスライドさせるとキーボードが引き出せる最新型のケータイで、おそらくいつものように二次創作サイトを巡回しながら、五十嵐雪《いがらしゆき》が少しそわそわした口調で、蛍についつて切り出しました。

五十嵐は私とは対照的に、入学当初からぽっちゃりとしていましたが、失礼ながら、近頃はもはや肥満という言葉が似合う体型になってきているように思います。

「ボクもさっき廊下ですれ違って、時が止まったかと思いました」

ここ生物部の部室に一台だけ置かれているデスクトップパソコンを占領し、流行りのオンラインゲーム『魔法世界《マジカルワールド》』をプレイしながら、大川桜《おおかわさくら》がやや歪《ゆが》んだ赤フレームの眼鏡を時折直しながら言い放ちます。ハマっているアニメの影響なのか、春頃から突然、一人称がボクに変わりました。

「まあでも、二次元に入れても、ボクら完全に背景《モブ》ですけどね」

「確かに。同じ人間やのに、神様、うちらを作るとき気ぃ抜きすぎやわ」

「たぶん五十嵐みたいに、画力ゼロの神様だったんじゃないですかね」

「間違いないな。って、おい」

もうおわかりかもしれませんが、ここは生物部というのは名ばかりの、オタクの巣窟です。

全員があたりまえのように眼鏡をかけていて、たとえ流行りのアイテムを身に着けていたとしてもダサくて、いわゆるスクールカーストの底辺でした。

けれど底辺であることは、それほど不幸なことではなかったのかもしれません。

もしかしたら、平和ですらあったのかもしれません。

放課後、ここへやって来さえすれば、私たちは誰の目を気にすることなく、空気の泡を呑《の》み込むみたいに、静かに息ができたのですから。

「くくくくく」

何か面白いことが起きたのでしょうか大川が漏らす独特な笑い声を背に、私は生物部が代々面倒を見ているアロワナのアロたん（勝手に名付けたのです）が泳ぐ、横巾《よこはば》一五〇センチの大きな水槽の前に立ち、餌を摑んで水面へ散らしました。

アロたんはしゃくれた顎を、ぱくぱくと口を動かして、粒状の餌を無表情に体内に摂《と》り込んでいきます。この春で四歳になり、体長は九十センチほど。シルバーアロワナという種類で、硬い鱗《うろこ》は光に反射すると、宝石のように輝きます。一億五千年前からその姿は変わらず「この魚は、恐竜みたいなものだからな」と、年度初めに一度だけ様子を見にきた顧問の仲吉《なかよし》先生が教えてくれました。

私はアロたんを眺めながら——いつも思うのです。

そんなに長い間、ずっとこの姿で生き続けることを、この魚は望んでいるのだろうかと。

だってもし何度生まれ変わっても、永遠に自分の姿のままだと思うと、なんだかゾッとするではありませんか。

「待って……神の新作アップされてるんですけど……しかもうちがキリ番でリクエストしたカプ《カップリング》なんですけど……しかも十八禁なんですけど！」

そしてケータイを持つ手をわざと震わせ、興奮していることを示しながら、五十嵐が呟《つぶや》いたあとでした。

「いや、あなたまだ十七歳だから、十八禁読めないですよね？」

大川の鋭い突っ込みと共に、ギィと扉が開く鈍い音が、部室に響きました。

生物部に人が訪ねてくることはほとんどありません。誰もこの暗闇に用事などないからです。

戸惑いながら振りかえると、視線の先に立っていたのは——蛍でした。

風も吹いていないのに、その光そのもののような眩《まばゆ》い髪は、ちいさく揺れているように見えました。

「入部希望です」

それは――本当の意味で、私たちの黒歴史がはじまる合図だったのかもしれません。

蛍は私たちを見下ろしながら、不自然なほどやさしく、女神のように微笑んでいました。

2006/12/08
Re:Re: 蛍が飛びはじめた日

蛍と出会った日の記録を途中まで書き終えた私は、持参している古いノートパソコンがフリーズしても内容が消えてしまわないように、一旦、保存をクリックしました。

カチカチとフロッピーディスクにデータが書き込まれていくときの音は、心臓の鼓動に似ているような気がします。

「結局、ツンデレが萌えるわあ」

「ボクは最近、ヤンデレ派ですかねえ」

「あ、それやったら、いいヤンデレ漫画、貸そうか？」

「それ、ＢＬですよね？」

「当然ながら」

「じゃあボク、腐ってないんでいいです」

「え……そうなん？　衝撃やねんけど」

「あ、言ってませんでしたっけ？　ボク、こう見えて夢女子なんで」

「マジか。絶対に腐ってると思ってたわ……」

「まあ、ある意味、腐ってはいますけどね」

「確かに、オタクはみんな、腐ってる」

放課後、五十嵐と大川（ちなみに、実際そう呼んだことはありませんが、二人がそう呼び合っているので、心の中でそう呼んでいました）がお手本のようなオタク用語を降らせる部室の隅で、こうして、この少し黄ばんだキーボードを叩くのが、私の主たる活動と言ってもいいでしょう。

今は日記を書き記していましたが、大抵は小説を書いています。

父が亡くなってからというもの、それまで自分にも小説が書けるなんていう発想すらなかったのに、私の指はまるで呪われたかのように、物語を紡ぐことを求めはじめました。

それに告げられた通り、自分には才能があるような気もするのです。

書いた小説を誰かに読んでほしくなり、個人サイトを立ちあげて発表してみると、想像もしていなかった数の感想が、掲示板《BBS》に書き込まれたりもしました。

といっても私が創作している小説は、既存のキャラクターを主人公にした、いわゆる二次創作と呼ばれるもので、さらに、もともと需要がある人気ジャンルの王道カップリングを扱っているからかもしれません。

未だオリジナルの物語を創造したことはありませんでした。書くことを恐れているのかもわかりません。だって小説というのは自分の中からしか生まれないのです。

もしも自分の心がどす黒い何かで汚れ切っていたらと思うと、一体どんな物語が生み出されてしまうのか、想像するだけで私は恐ろしくなってしまうのです。

それに――いいいいいいいいいい小説など書いてはいけないいい。

そう、頭ではわかっていました。

では保存の音が鳴りやみましたので、あの日の続きを綴《つづ》りはじめます。


――私は基本的に、誰とも目を合わさないように生きてきました。

だけどあの瞬間ばかりは、部室（といっても、校舎の改築工事を経て、光の当たらなくなってしまった空き教室を与えられただけなのですが）の入り口で微笑む蛍の可憐《かれん》さに、無抵抗なほど魅入ってしまったのです。

そして……はじめて蛍と視線が重なった瞬間のことは、生涯忘れられないでしょう。

だって蛍は、私にも訊《き》いてくれたのです。

「あなたもメールアドレスを教えてくれる？」と。

私の順番は回ってこない。そう思っていたのに。

オタクの巣窟と呼ばれるこの生物部の中ですら、私は背景でした。

五十嵐と大川に無視をされているわけではありません。

ただ私が、声を発することができないからです。

病気ではありません。頑張れば話せることもわかっています。けれどそれはとても聞き取りづらい音になるでしょう。

私の顔には、右頬から口元にかけて、およそ十センチ四方のひきつれた火傷の痕があります。うまく発音できなくなったのは、この傷痕が原因です。

あまり思い出したくはないのですが——……二年ほど前に負ったものです。

食事のことなども考えると包帯も巻けない箇所で、大きめのマスクをして隠してはいますが、覆い切れない部分はどうしても露出してしまいます。

どうにか鼻の下辺りまで前髪を伸ばしてカモフラージュしてはいるのですが、異様な姿であることに変わりはありません。

幸いというか、この火傷の痕のおかげで、東京の学校に通っていた頃のように、残忍ないじめに遭うということはありませんでした。

相当気味が悪いのでしょう、クラスメイトは誰一人として話しかけてこないからです。京都《ここ》では、私の素性を誰も知らないからなのかもしれません。

とにかく喋《しゃべ》れないのも相まって、教室ではいないものになっていました。

でも放課後だけは、背景といえども五十嵐と大川は私の存在をちゃんと認識してくれています。ときどき楽しそうに話しているふたりを無意識に眺めてしまい、視線がかち合ってしまうと、笑いかけてもくれます。

きっと私が生物部《ここ》に居やすいように、アロたんの餌やりも任せてくれました。

母には「お前がいると息が詰まるから、十九時までは家に帰ってくるな」と言われているのもあって、校門が閉まるギリギリまでこの空間で過ごすことが、今となっては唯一の安らげる時間でした。

と——少し脱線してしまいましたが、蛍から声をかけられた喜びから、こうしていつになく詳細すぎる日記まで書き残してしまうほどだったのに、緊張が頂点に達して、あの日私はなかなか反応できませんでした。

「よかったら、ケータイを出してくれる？」

するとと火傷の痕が見えたのでしょう。私が話せないことを悟ってくれたのだと思います。微笑みを絶やさないままに、蛍はそんな指示をくれたのです。

すぐに頷《うなず》いて、スクールバッグの中から、時代遅れの二つ折りにできないケータイを取り出しました。赤外線機能もついていないので、蛍はわざわざ、私の長たらしい初期設定のままのアドレスを打ちこんで、登録してくれました。

「名前は?」

そう訊かれたので、ブレザーの胸ポケットから学生証を取り出して見せました。

「ふうん。栞……か。すごくいい名前だね」

内緒話を耳元で囁《ささや》くようにして、蛍はそう褒めてくれました。

2006/11/30
From: yuki igarashi
Re: 二次元の世界へ

浅い眠りの中で、うちはいつも同じ悪夢を見ているような気がする。

「デブ、また寝てんで」

「何食ったらあんな太るんやろな」

クスクスと悪口を含んだ笑い声が耳に浸透して、はっと目が醒《さ》める。また居眠りをしていた。いつも深夜まで漫画を描いているせいで、授業中は眠たくて仕方がない。

といっても漫画家を目指しているとかではない。いつかコミケに出展することくらいは夢見ているが、たぶんそれも無理だろう。唯一のオタク仲間といえる大川《おおかわ》からもいつもからかわれるのだが、うちには絶望的に絵を描く才能がなかった。ネットに発表すれば、大型掲示板にスレッドが立ち、釣りサイトか否かの祭りがはじまるレベルの、常に登場人物が複雑骨折を起こしている酷《ひど》い画力だった。

それでも漫画を描いている時間が好きだった。物語に没頭している間だけは、自分ではない、主人公に選ばれた、たったひとりの特別な誰かになれた。物語だけがうちの生きる希望だった。

まどろみの中、机から顔を上げる。頬に不快な冷たさを感じて、口の端から涎《よだれ》が垂れていることに気付いた。制服のシャツの袖でいそいで拭きとる。背後から「デブ起きた」という実況と、何人かの嘲笑が聴こえてきた。

確かに、否定することができないくらい、今のうちはデブだった。

この間の身体計測で、身長は一六〇センチ、体重はここ二年で面白いくらいに増えて、七十五キロもある。でもこの体が太っていくことを、自分ではもう止められない。だってダイエットをする権利など、うちにはないのだから。

「ねえ五十嵐《いがらし》さん、今日は部活休んで、うちらと一緒にカラオケ行こうよ」

授業が終わった途端、一二〇センチのルーズソックスを履いたギャル集団の一人に肩を叩《たた》かれた。

「あ……えっと」

部活はもともと休むつもりだった。ギャルたちとカラオケに行くためではない。今日は『DEATH NOTE《デスノート》』の最新刊を買いに、新京極《しんきょうごく》のアニメイトへ行く予定を立てていたからだ。

「え？　うちらが誘ってあげてんのに、行かへんの？」

躊躇《ちゅうちょ》していると、すぐに圧力がかかった。

ギャルたちの目から生えているつけ睫毛《まつげ》は、見上げると、虫の脚のように見えた。

「……ううん、行く」

「よかった。五十嵐さん来ないと盛り上がらんもんなー」

歪《いびつ》な笑顔とともに詮方《せんかた》なく頷《うなず》いたけれど、さっきまでうちのことを嘲笑っていたギャルたちが、本気で自分を誘っているのではないことくらいはわかっている。

手っ取り早く、遊ぶお金が欲しいだけだ。

――カラオケ、プリクラ、サイゼリヤ。それが彼女たちの、お決まりのコース。

体の奥からこぼれそうになる溜《た》め息をどうにか飲み込む。別にお金が惜しいわけじゃない。

自分の外見は、お嬢様という風貌とはかけ離れているが、家は裕福で、パパからは普通の高校生ではありえない額のおこづかいをもらっているという自覚もあった。

だけど、カラオケでは自分の順番がくることは永遠にないし、プリクラには映れない。家に帰ったら絶対にママのご飯を食べなければならず、サイゼリヤではドリンクバーしか頼めないし、会話に寄せてもらえることもない。

ステージルームで歌いたいと連れられた三条河原町《さんじょうかわらまち》のジャンカラで、浜崎《はまさき》あゆみの微妙なモノマネを聞きながら、紫がかった薄い唇を噛《か》みしめる。

はっきり言って、拷問のような時間だ。

うちはなんで、ここにいるのだろう。

この地獄から一刻もはやく逃げ出して、アニメイトまで駆けて行きたい。ベッドに横たわりながら新刊を読み耽《ふけ》りたい。いっそお金だけ置いて退場すればいい。そう思うのにうちの足は動かない。断る勇気もなければ帰る勇気もない。これ以上、教室での扱いが悪くなるのがこわいからだ。

ギャルたちの芸術的なほどきれいに巻かれた髪を下品に照らすライトの中で、そっと目を瞑《つぶ》る。

——二次元の世界へ行きたい。

背景ではない、選ばれた特別な誰かになりたい。

死ぬまで完結することのない現実の中で、うちはいつだって本気で、そう願っていた。

2006/12/01
Re:Re: 二次元の世界へ

だからそう。蛍《ほたる》が教室に現れたときは、ついに神様が願いを叶《かな》えてくれたのかと錯覚した。

だってその現実離れした美しさは、ほとんど二次元から飛び出してきたようだったからだ。

「……あの、入部希望っていうのは本気なのでしょうか……」

そしてあの日、あろうことか生物部へとやって来た蛍に（青天の霹靂《へきれき》とはこのことだと思った）、うちは緊張しながら訊《たず》ねた。

「うん、本気だよ。私ね、生き物が好きなの。でも私の住んでいる部屋狭いから生き物飼えなくて。だから生物部があるって聞いて、入部しようって決めていたの」

ニコニコという擬態語がぴったり当てはまる顔で、蛍は答えた。

受験さえすれば誰でも合格するという噂《うわさ》の、この落ちこぼれ高校では、少しでも内申書を良くするためか、部活か委員会に在籍しなければいけない決まりがある。

在籍さえしていれば、行くも行かないも自由だ。

この生物部は面倒なイメージからか人気がなく、自然とはみ出しものが集まる部活となっている。つまり自分たちのような、底辺の人間が集まる場所だった。

実際のところ、先輩たちから受け継いだアロワナの飼育をする以外は、正直やることはない。部室に集まって漫画を読んだり、ゲームをしたり、小説を書いたり、それぞれのオタク活動を楽しんでいるだけだ。

だから——こんなにも美しい蛍が、息のできる環境とは思えなかった。

蛍だって、どこからどうみても底辺たちが集まったこのメンバーを見て、自分がいるべき場所ではないと感じるはずだった。

でも蛍は、当然みたいに全員が眼鏡をかけているこのオタク集団を見ても、引いた様子はまるでなかった。

「あ、すごい。アロワナがいる！　すごい大きな水槽～きれ～」

それどころか、無邪気にはしゃぎながら部室の奥に置かれた水槽へ駆け寄っていき、様々な角度からアロワナを覗《のぞ》き込んでいた。これまで底辺の人間ばかり眺めていたアロワナは、その美しい生命体に動揺しているようにも見えた。

「アロワナって、変な顔なのに、きれいな身体をしてるよね」

磨かれた爪先で水槽をとんとんと小突き、蛍はたのしそうに言った。

本当に生物が好きなのだろう。しかしアロワナを育てている以外、生物部としての活動がないことを――さらにオタク部となっていることを、誰も蛍に説明する勇気はなかった。

「でもここって……別名オタク部なんだよね？」

だけど知らせるまでもなく、蛍は知っていた。

「え、あ……あ……」

どうしよう。『千と千尋《ちひろ》の神隠し』に登場するカオナシのような声しか出ない。視線を配ると大川も狼狽《うろた》えていた。

あの頃、自分たちのアイデンティティはきっと、オタクであることのみだった。

それが唯一の、一般人とは違う特別なことだった。内心ではオタクであることに誇りすら持っていたのかもしれない。

なのにこうして面と向かってオタクである事実を突きつけられると胸が苦しくなってしまう。人と関わることをあきらめ、現実から逃げていることを、咎《とが》められているような気持ちになるからだ。

「あ、ごめん。ばかにしたわけじゃないの」

察して、蛍は否定した。

「私も、オタクだから」

聞きなれたその言葉の意味が、一瞬わからなくなった。

可愛いオタクという人種が存在することは知っている。イベントの類には行ったことはまだないが、ネットのまとめサイトで取り上げられるくらい人気のコスプレイヤーさんは、超がつくほどに美形だし、旬のアニメキャラの衣装を作るくらい気合の入ったオタクであることも間違いない。

でも蛍の圧倒的な透明感を前にすれば、オタク宣言をされても呑《の》み込めなかった。美しい容姿はさることながら、喋《しゃべ》り方や、どの仕草からもオタク臭は微塵《みじん》も漂ってこなかったし、蛍は絶対に、自分たちとは違う世界の住人だと感じた。

「だから、仲間に入れてほしいの。ダメかな？」

だけど、うちも大川も、シンクロするように即座に首を横に振っていた。

たまたまオタクが集まってしまっただけで、ここは本来、生物部だ。今年度は新入部員もいなかったことだし、入りたいという生徒を拒む理由もなかった。

「よかった。じゃあみんな、今日からよろしくね」

それにうちは、蛍がオタクであろうがなかろうが、どちらでもよかったのだと思う。

ついに二次元の世界への入り口を見つけたみたいに、新しい物語がはじまる予感で、異様なくらいに胸がざわついていた。

2006/10/28
From: sakura okawa
Re: ずっと蛹《さなぎ》のまま

ケータイの光だけが手元を照らす押入れの中。息をひそめ、羽化する前の蛹のように、布団に体をぜんぶ埋めながら、ボクは真夜中が来るのだけを待っている。

「世界がずっと真夜中だったらいいのに」

わざと声を掠《かす》れさせ、映画の主人公になったつもりで呟《つぶや》いてみる。

真夜中はこの世で最も安全なエリアだ。誰に攻撃されることもなく、誰と比べられることもない。ただ自分が生きていることだけを感じられる。眠っている間も心臓が動き続けている不思議についてや、宇宙の大きさを考えて自分という存在がいかに儚《はかな》いものなのかを考えたりもできる。そんなふうに真夜中というのは、どんなに下らない考えも、無意味さも、何もかもを許し、包み込んでくれる時間だ。

そして家族も寝静まった午前一時。マナーモードのケータイが震えると同時に、眠りかけていた心臓が動き出す。ボクは指先から生き返っていくのを感じながら、応答ボタンを押した。

「ナデシコちゃん、こんばんは」

「リイ君、こんばんはです」

彼はボクのコイビト。本当の名前は知らない。ナデシコというのはボクのことだ。

去年の冬、ボクたちは『魔法世界《マジカルワールド》』というオンラインゲームで出会った。

放課後、生物部のパソコンでログインすると、リイ君もログインする。そのタイミングが驚くほどぴったりで、ギルドを組み、一緒に行動することが多くなっていった。

魔法世界は〈この世界で、生きる。〉というのがキャッチフレーズになっているくらい、自由度の高いゲームだ。習得した魔法を使い、敵《エネミー》を倒すというのがメインストーリーではあるけれど、魔法街《マジカルタウン》で商売をしたり、魔法食堂《マジカルキッチン》では創作したキャラクターになりきってチャットをしたり、気の合ったプレイヤー同士は、コイビト関係になることも可能だ。

そしてボクとリイ君も、運命に導かれるようにそうなった。

〈ナデシコちゃんの声が聞きたい〉と、電話番号が送られてきたのは、半年前、桜の花びらが散りはじめた頃だった。

心臓がはちきれそうになった。

リイ君と、話してみたかった。ゲームの中だとしても本気の恋をしているのだから、どんな声で話すのか知りたいと思うことはきっと自然な気持ちだった。

でもボクは躊躇《ちゅうちょ》せざるを得なかった。だって次のステップに進むことは、その先を期待させてしまうことにもなるからだ。

大型掲示板の専用スレッドの情報によれば、コイビト関係になったふたりが、実際に電話をしたり会ったりすることは、よくあること――というか、わりと自然な流れであるらしい。だがそれがワカレに繋《つな》がることも多いという。ゲーム内の美しいキャラクターと中の人とのギャップに幻滅してしまうというのだ。

一方で、結婚に辿《たど》り着いたという書き込みも見た。文字のやり取りだけで惹《ひ》かれあうくらい性格の相性はいいのだから、結局、現実の相手の容姿を許容できるかどうか、というのが大きいのだと思う。

だから現実世界でボクとリイ君が会うことは絶対にない。

幻滅されてこの幸せな時間が終わるだけだとわかっているからだ。それにコミュ障で上手く話せる自信もなかったし、この良くいえば可愛すぎる声を否定されたらと思うとこわかった。

ボクの顔は地味で、言い換えなくてもブスで、こんな顔なのにもかかわらず、生まれ持った幼い少女のような声が口からこぼれるのが気持ち悪い――というのが、今までずっといじめられてきた理由の一つでもあった。

「作ってるんちゃうの？」

「ブスの癖に、かわいこぶってきっしょ」

地味でオタクであるだけでもいじめの対象なのに、この自分でも嫌になるくらいのロリ声《ボイス》が拍車をかけた。

「違います、地声です！」

中学のとき、反発すればするほど、いじめはエスカレートした。発してしまった言葉は、取り返しがつかなかった。何倍にも膨れ上がって跳ね返ってきた。だから高校に入ってからは、なるべく声を発さないよう、背景を演じることだけに集中しているのだ。ボクはもう傷つくことに疲れ切っていた。

「もしもし……ボク、ナデシコです」

それなのに。送られてきた電話番号を入力して発信ボタンを押してしまったのは、信じたかったからなのだと思う。運命のように出会い、同じゲームの世界で生きているリイ君ならばきっと、ボクを受け止めてくれるはずだと、そう信じたかった。

「え、うわ…………やば――――」

でも第一声を聞いて、すぐに後悔した。終わったと思った。

「想像していた通りの、可愛い声だね……」

続きが降ってくるまでの一瞬が、酷《ひど》く長かった。電話も何もかも切ろうかと迷ったけど、どうにか耐えてよかった。

期待を上回る感想に、緊張と不安が嘘《うそ》みたいに溶けていくのがわかった。

「ナデシコちゃん、好きだよ」

「ボクもリイ君が好きです」

初電話の最中、乙女ゲームで習得したくすぐったい台詞を、何度も言いあった。ボクの声を想像通りだと言ってくれたけど、リイ君の声こそ、いつも一緒に戦っている王子様風のキャラクターから発せられているみたいな、とろけるように甘くやさしい声《イケボ》だった。

「いつかさ、直接会ってみたいよね……」

「そう、ですね……」

こんなナデシコとかけ離れた容姿で会えるわけがないのに、声を聞いてしまうと、どうしようもなく会いたいという感情が発生していた。

そして電話を切ったあと、下着の中が、不快なくらいにぐっしょりと湿っていることに気が付いた。生まれてはじめて、男の子に異性として喋《しゃべ》ってもらえたからなのだろうか。言葉をもらうだけでこんなにも体が反応するなんて――びっくりした。自分が女の子だったことをはじめて知ったような気持ちになった。

恥ずかしながらそれからは、リイ君と電話をするたびに、下着の上から人差し指で女の子の最も敏感な部分を擦《こす》ることが習慣になった。快感が頂点に達する瞬間だけ、ボクは自分の惨めさも痛さも何もかもを忘れて、ただの女の子という生物になれた。

けれど電話を切ってケータイの真っ暗な画面に映る自分の顔を見ると、ブスすぎて死にたくなり、こんな不純な行為をしていることに、後ろめたい気持ちでいっぱいになった。でも、だんだんと話す内容がエスカレートしてきて、ナデシコちゃんとキスしたいとか、抱きしめたいとか言うのだから、我慢することはできなかった。

処女の癖にこれほどまでに欲求不満の塊だったのかと恐ろしくなる。

だが、この欲求が自分の指以外で満たされることは永遠にないのだろう。

だって誰がこんなボクに触れたいなんて思うだろう。おっぱいさえ大きければまだ望みはあったのかもしれないが、見事なほどのまな板レーズンだ。

神様はなぜボクをこんなにどこもかしこも雑に作ったのだろう。色んなパーツがあったはずなのに、どうしてわざわざ、こんな醜い外見に仕立て上げたのだろう。ロリ声の設定にするのなら、せめてそれに見合うように作ってほしかった。

「はあ」

ボクは毎日、心の底からナデシコになりたかった。

だってナデシコのように美しかったら、好きな人に触れてもらえるに違いなかった。

2006/12/02
Re:Re: ずっと蛹のまま

朝、下駄箱から上履きを取り出す瞬間。いつも少し、怯《おび》えてしまう。

中学生だった頃、上履きの中に虫を入れられたことがあるのだ。

茶色く硬い物体で、ゴミかと思って摑《つか》んでみると、ほんのりと温かくて、それはなにかの蛹だった。虫を入れられたりしたのはその一度だけだったけれど、あのとき、なんだか可哀想で蛹を捨てることができなかった。だから、下駄箱の中に置いたままにした。

毎日、下駄箱に手を伸ばすたびに、生きているのか死んでいるのかもわからない蛹が、そこにいた。

その景色を思い出すたび、なんともいえない罪悪感に苛《さいな》まれるのだ。


「——ふう」

教室へ入る際は、水の中へ潜る直前のように大きく息を吸って止める。席に着くまで止め続ける。意味はないけれど、自分の中でそれが存在を消し、背景と化すための儀式だった。

「おはー。なあ今日、めっちゃさむないー？」

「寒すぎー。あ、ちはるエクステつけたん？」

「うん、彼氏がロングがいいっていうからさー」

「超かわいいやん！　めっちゃ似合ってる〜ロングのほうがいい」

クラスの女の子たちはいつだって息を吐くように嘘《うそ》をつく。

たとえば自分よりも美しくない友達に、「私も◯◯みたいに可愛くなりたい」とか言うし、全然同調していないだろうことにも「そうだよね」と大袈裟に頷《うなず》く。今もたぶん、そうだ。だって絶対、彼女はショートヘアのほうが似合っていたのに。

でも女の子たちは、孤立しないために、あるいは自分の番が回って来たときに褒めてもらえるように、嘘をついて生きていくのだ。それはきっと、背景になることしかできないボクなんかよりも、賢明な生き方なのだと思う。

「えーありがとう。微妙かなって思ってたからうれしいー。てかソックタッチ持ってへんー？この紺ソ《ソックス》、バリずり落ちてくるねん」

「ごめ〜ん、最近ルーズ履かへんから持ってないわ〜」

「あ、あたし持ってるー」

「マジ！　さすが、リカ様」

そして女の子たちはまるで規則でもあるみたいに、自分と同等か、それ以上の人間に対しては下の名前や綽名《あだな》で呼び、演劇めいた明るい声色で話す。

「あ、そうや。忘れてた。大川《おおかわ》さん、この進路調査のプリント、先生に渡しといてくれます?」

そしてそれ以下には、他人であることを強調するように、威圧的な敬語を使ったり、苗字《みょうじ》にさん付けで呼んだりする。その声は先程とは別人のように低く、いつだって、教室でただ息をしているだけの存在を軽蔑していた。

だから雑に渡されたプリントを受け取った瞬間――

「桜《さくら》、おはよ!」

廊下から、今まで呼ばれることのなかった下の名前が呼ばれ、異様にどきりとしたのだ。

――昨日転校してきたばかりの蛍《ほたる》と廊下ですれ違った瞬間、冗談じゃなく、時が止まった。

だって蛍は……、何パターンもある素材の中から作り上げた、ボクのキャラクター・ナデシコにこわいくらい似ていたのだから。

同じ人間のはずなのに、美しすぎて死にたくなった。女子高生という種族として生きていること以外、共通点など、なに一つも見当たらなかった。同じ人間というくくりでも、芋虫が蛹になり、そして蝶《ちょう》となるように、進化形態があるのかもしれないと思うくらいだった。

たとえどんな狭い空間にふたりきりになったとしても、口を交わすこともないのだろうと感じた。

だからまさか蛍が――、自分と同じ生物部へ入部するなんて、想像してもみなかった。

○4○

でもクラスは違うし、同じであったとしても、部室以外では話してくれないものだと思っていた。

カースト底辺の自分などと話すことは、蛍にとって害にしかならないし、実際クラスメイトも、噂《うわさ》の美少女転校生が突然虫を食べた、とでもいわんばかりの引いた表情で、こちらを見ていた。

廊下から声をかけてくれた蛍に、小さく会釈をする。

からかわれないことだけを祈りながら『オタク』と、机の中央に、消えないマジックで、誰かに小さく書かれた悪口に目を落とした。

その落書きを、無意識に心の中で読み返しながら、ふと思いだす。

……そういえば、蛍はこう言った。

「私も、オタクだから」

でもそれが、嘘だということは、すぐにわかった。

気が付いたのは、メールアドレスを交換したときだ。

「あ、そうだ。皆はケータイ持ってる？　メアド、交換しようよ」

生物部に入部することが正式に決まったあとで、蛍はそんな提案をした。

友達がいないからこそ、ケータイは必需品だ。これがあれば休憩時間の地獄のような孤独を緩和できる。そしてコイビトから届くメールが、すり減った心のＨＰを回復してくれた。だから充電するのを忘れた朝は、息がとまりそうなほどに絶望するのだ。

「あなたもメールアドレスを教えてくれる？」

蛍に声をかけられた順番で、一人ずつ、短く切られることのない規定の長さのスカートからケータイを取り出し、赤外線などで連絡先を交換していく。

「へえ……。みんな、季節にちなんだ名前だね。栞は、読書の秋って感じだし」

登録し終えたあと、連絡帳を見て、蛍が言った。

――七瀬《ななせ》蛍、五十嵐《いがらし》雪《ゆき》、大川桜、猫井《ねこい》栞《しおり》……。

確かにそうだった。

これまで部員同士でも連絡先を交換したことはなく、五十嵐のメアドすら知らなかった。だから蛍が言うまで、そんなことにはまったく気にもならなかった。

しきたりのように、生物部ではお互いの苗字を呼び捨てで呼び合っていた。

それは心のどこかで、自分たちは下の名前で呼ばれる存在ではないと感じていたからなのかもしれない。

そしてあのとき――ボクは見たのだ。

蛍の待ち受け画面は、二次元のキャラクターでもなければ三次元のアイドルでもなかった。

平凡な、家族写真、だった。

一概に言い切れないとは思うが、オタクが待ち受けを家族写真にするなどありえないと思った。

ボクもそうだがオタクというのは、どこにも居場所がない人が心を保つために、なるものだと感じていた。

けれど蛍がなぜ嘘をついたのか。蛍の言うオタクというのが自分たちの考えているジャンルではないのか。そのときはあまり深く考えなかった。

「みんな。私のことは、蛍って呼んでね」

蛍という名の美しい蝶を前に、どうしてだかあの蛹のことを思い出していた。

捨てられなかったあの蛹は、卒業式の日を迎えても、下駄箱の中でいつまでも蝶になることはなかった。いつの間にか、果てしない暗闇の中で死んでしまっていたのだ。

ずっと蛹のまま。誰にも触れられないまま。美しくもなれないまま。きっと――苦しみながら。

2007/01/07
From: shiori nekoi
Re: 生物部に降る雨

ザーザー。ザーザー。

先日から部室には、雨によく似た音が降り続いています。

部活にやって来た蛍《ほたる》は、みんなに微笑みかけたのち、その音にうっとりと酔いしれながら、小説を読み始めました。

教室にどれだけ生き物を増やしたとしても（この件に関しては後程）、基本的に生物部が暇だということを知ったのでしょう。蛍は小説を持参するようになったのです。

嗚呼《ああ》、こんなに美しい蛍が文学少女だなんて。雪のように白い指で丁寧にページを捲《めく》る姿に、私はいつも見とれてしまうのです。きっと本当に読書が好きなのでしょう。それは小説を書くふりをしながら、ノートパソコン越しにこっそり眺めていればわかりました。

でもあのとき、私の手も、蛍への視線も、不自然なほどに固まってしまったのです。

だって――蛍が目を落としていたのが、柊木沢《ひいらぎざわ》エルの本だったからです。

「もしかして……栞《しおり》も、この小説、好きなの？」

私の驚いた――もしくは歪《ゆが》んだ表情を見て、蛍は何だかうれしそうに、そう訊《たず》ねました。

ゆっくりと、私は頷《うなず》きました。

その本、『世界の果てで君を呼ぶ』は、柊木沢エルのデビュー小説です。

お互いに病気を患いながらも惹《ひ》かれあい、一年後には共に死んでしまう運命となる少年少女の最後のひと時を描いた作品で、ラストの美しさは号泣必至だと話題になりました。時を経て、数年前映画化されてからは若者を中心に大ヒットして、社会現象にもなったほどです。

だから文学少女の蛍がその本を持っていることに、私が必要以上に驚いてしまったことは不自然に映ったはずでした。

「誤解しないでほしいんだけど、私ただ流行っていたから読んでいるわけじゃないんだよ」

ミーハーだと思われたくなかったのだと察しますが、ボロボロになるまで読み込まれた本を見れば、言われなくてもわかります。それに映画化されてから文庫の表紙の装丁は、今蛍が手にしているイチョウの葉が描かれたイラストから、主演の俳優さんたちが手を取り合っている写真に代わっています。

「この本が好きな栞ならわかると思うけれど、本当に素晴らしい本なの」

それも知っていました。私もきっと、蛍と同じくらいその小説を何度も読み返していたからです。

「私ね、作者の柊木沢エルさんって、絶対に素敵な人だと思うんだ……。だって、こんなに、愛の詰まったあたたかい物語を書くのだもの。ねえ栞も、そう思うよね？」

その問いかけに、私は遠慮がちに頷きました。

私も以前までは、同じことを思っていました。素晴らしい人だと。

「でももう三年も新作がでないんだ。スランプだって噂《うわさ》もあるけど、どうしているのかな……。私、次にサイン会があれば、遠くても絶対に行こうと思っているんだ。会ってみたいの……一度だけでもいいから」

焦がれるように蛍は言いました。そんなにも高揚した蛍の表情を見たのは、それがはじめてでした。


そして普段、ケータイを触る習慣がないからでしょう。

その夜、眠る前になって、メールが届いていることを知らせる灯《あか》りが点滅しているのに気が付いたのです。

文末に付属する一つ一つのデコ絵文字が、きらきらと蠢《うごめ》いていました。

2007/01/07 22:15
From: 七瀬《ななせ》蛍

Sub: 初メール
蛍だよ。せっかく交換したのに、メールしたことなかったよね。
今日は小説の話ができてすごくうれしかった。
前から気になっていたのだけど、栞って小説を書いているんだよね？
もしよかったらだけど……いつか読ませてくれない？
きっと栞なら、素敵な小説を書くんだろうなって、勝手に思ったりしていたの。
（柊木沢エルさんが好きなら余計！）
返事待ってるね☆

高鳴る胸を静めながら、そのメールを読んだあと、私はようやく時が来たのだと、息を呑《の》みました。

蛍がときどき、私のパソコン画面を、興味深そうに盗み見しているのに気付いていました。

背中で視線を感じながら、いつも密《ひそ》かに、その言葉を待っていたのです。

私の小説を読みたいと――、そう言ってくれるのを。

2007/01/07 23:55

From: 猫井《ねこい》栞
はい。是非、読んでほしいです。
私、蛍のための小説を書きます。
少しだけ、時間をください。

だから私の指は、何も迷いもなく、そんな愛の告白のような返事を書いていました。

2007/01/21
Re:Re 生物部に降る雨

——はあ。溜《た》め息すら上手くつけない口元がもどかしい。

あんなに意気揚々と返事をしたのに。もう二週間が経《た》つというのに。キーボードに添えた手は、置物と化し、すっかり止まっていました。

二次創作ばかり書いてきた私が、いきなりオリジナル小説を書くことなど、やはり無謀だったのでしょうか。それに、望んでいたことのはずなのに、蛍に読んでもらうことを想像しただけで緊張が頂点に達し、指が震えだして、一文字だって打てなくなるのです。

自分の運営している二次創作サイトで、したこともないセックスの描写を読まれるのだって、まったく平気だというのに。読者が高い確率で自分と同じオタクだから、仲間意識のようなものがあるのでしょうか。それともお互いに顔が見えないからなのかもしれません。

そして書きはじめられないのには、もう一つ明確な訳がありました。

あの日、私の暗闇に蛍が飛びはじめてからというもの——女の子同士の愛の話——いわゆる百合小説ばかりが思い浮かぶのです。

だけど、そのような小説を渡せば、引かれて嫌われてしまうかもしれません。

でも仕方のないことに、もう今の私にはそれしか思いつかないのです。否……どうしようもなく書いてみたいのです。二次創作ばかり書いてきたせいかもしれませんが、好きなキャラクターができると、次々と書きたいシーンが降ってきました。

そして好きなキャラクターというのは、いうまでもなく蛍のことでした。

メールアドレスを教えてくれた日から、私は蛍のことばかりを考えてしまいます。

それは生まれてはじめての恋、だったのかもしれません。

といっても、手を繋《つな》ぎたいだとか、キスをしたいだとか、そういうことではなく、その存在に憧れていたのです。

私は毎日、その美しい姿を眺めながら、心の底から蛍になりたいと思っていました。

でも、そんなことは無理だとわかっています。

だからせめて——友達になりたい。

でも、この火傷を負う前、普通に話せたときも、私は誰かに好きになってもらえたことなど、一度だってありません。というより、嫌われたことしかありませんでした。

でも小説を介して自分の感情を伝えれば、ネットでは神だなんて呼ばれるくらい、人気を博したのです。今も画面の向こうには大勢のファンがいます。こんな素晴らしい小説を書ける私のことが好きだと、口々にそう言って崇《あが》めてくれました。

だから私にとって、人に好きになってもらえる可能性のある取柄は、蛍と友達になれる一縷《いちる》の望みは、きっと小説を書くことしかないのです。

たとえ百合を題材にしたとしても、文学少女の蛍が認めてくれるような、絶対に素晴らしい小説を、私は書き上げるつもりでした。


などと——。

誰かに話をする代わりに、日々の感情を書き残している私の日記は、いつしか蛍のことで埋め尽くされはじめていました。

それに伴い、一つ、気付いたことがあるのです。

それは、今日のように激しい雨が降っている日は、蛍は必ず学校を休むということです。

もしかして、まっすぐ綺麗《きれい》に伸ばされた髪が、ぐちゃぐちゃになるのが嫌なのでしょうか。

それとも蛍は本当に、虫の蛍のように、雨に弱いのかもしれません……なんて。

「あーあ。最近、神のサイト、更新されへんなあ」

「新作、書いてるんじゃないですか？」

「いや、もしかしたら、神が連載してる小説の攻めキャラ、この間原作で死んだから、ショック受けてるんかもしれんと思って……」

「ああ……それはもう続きは書けなくなるやつですね」

「やっぱり？」

「はい、絶対無理です」

「あああ……orz《オルズ》。だけど神の死ネタも読んでみたい……」

部室では、久しぶりに五十嵐《いがらし》と大川《おおかわ》がオタトークを繰り広げています。

蛍がいるときは、二人は借りてきた猫状態になり、最低限の会話しかしません。

きっと蛍の前で、オタクとしての自分をさらけ出すのが恥ずかしいという感情があるのだと思います。私だってそうでした。だから近頃は、蛍に捧げる小説の構想を考えはじめたのもありますが、サイトの小説は、半年前から連載中の作品も含めて一話も更新できていません。

出会った瞬間から、私は蛍のことをオタクではないと感じていました。というより、五十嵐も大川も感じていたのだと思います。

蛍は日頃、オタトークはもとより、自分の話も滅多にしませんし、読んでいる小説も、純文学系の小説や恋愛小説で、BL小説やライトノベルなどを持ってきているのは見たことがありません。喋《しゃべ》れない私は論外なのですが、自分が夢中になっている作品の話を一度もしないオタクなど、この世にいるのでしょうか。

あの時は生物部に入りたかったから、私たちが受け入れやすいように、話を合わせてくれたのだろうと思います。

文学オタク、あるいは生物オタクという意味だったのかもしれませんが、それらは私たちの世界線においてのオタクではありませんでした。

そういう訳で、私たちはみんな、蛍の前では……できるだけ普通の女子高生になろうと努力していたのです。

そして後程と記していたアロたんの他に生物が増えた件ですが、蛍が入部してからというもの、教室はかなり生物部らしくなってきました。

蛍が採取してきたり、余っていた部費で買ってきたのです。

金魚にメダカ。アリやダンゴムシやカタツムリ。カモミールやペパーミントなどのハーブ類。

そして蛍が最も可愛がっているのがデュビアという虫です。

デュビアとはゴキブリの一種で、深さのあるプラスティック製のケースで飼えば、登ってくることも飛ぶこともできないので、脱走する恐れはなく、見た目も『風の谷のナウシカ』に登場するオームの小さいバージョンとでも表現したらいいのでしょうか、家に出現するクロゴキブリのような、ねっとりとした気持ち悪さはありません。

しかし成虫が四〇〇匹ともなると……害がなくとも、最初は同じ空間にいるだけでも嫌悪感がありました。

だけど蛍はナウシカのように、普通に素手で触れていました。

「可愛いから、いっぱい増やしたいんだ。それにアロワナの餌にもなるんだよ」

そう言って、誰もやりたがらない（というより、私たちには到底無理でした）ケースの掃除も自ら率先してやりました。

「こうしてね、感情のない生き物を見ていると、落ち着かない？　この子たちは、なんで生きているのかもわかっていないの。でも、生きるために生きているの」

ケースの中に入れてある紙製の卵パックの側面を這《は》いまわるデュビアを眺めながら、蛍は毅《き》然《ぜん》と言い放ちました。

生き物に感情がないなんて——それまで考えたこともありませんでした。

私は毎朝、ひきつれた火傷の痕が鏡に映るたび、母が「死にたい」と呟《つぶや》くたび、頬を打《ぶ》たれるたび、なぜ生きているのかを考えずにはいられませんでした。

だから蛍に諭されてからというもの、生きるためだけに生きている生物たちにだんだん尊敬を感じるようになりました。

ザーザー。ザーザー。

そしてケース内をデュビアたちが移動する音は、目を瞑《つぶ》ってきくと、やっぱりとても雨の音に似ていました。

2006/12/14
From: yuki igarashi
Re: 死んだ姉の分

四時間目終了のチャイムが鳴る。その音と競い合うようにして席を立ち、教室から逃げ去った。赤レンガ造りの校舎を足早に駆け抜け、中庭のソメイヨシノの木の下に設置された二人掛けベンチへと移動する。

「はあ」

腰掛けた途端、すべてから解放されたような安堵の溜《た》め息が、全身からふきだす。十二月の中庭は、指先が凍《い》てつきそうなくらいの冷たい風が吹いてるけれど、教室には一秒たりとも長く存在していたくない。昼休みはいつもここへ来て、一人でお弁当を食べていた。

ピアノの鍵盤が描かれている黒いトートバッグ（これは音楽漫画の限定グッズだが普通に使える）から、お弁当箱を一つ取りだして膝の上にひろげる。

「頂きます」

箸を持ち、小さく呟《つぶや》いた刹那、ふわりと揺れる紺色のスカートが視界に入った。丈を短くするために腰でスカートを折っているのだろう、白くほっそりした太ももが、寒空の中でも、生々しく張りつめている。

「ここで一緒に食べてもいい？」

その問いかけに、うちが拒否などできるはずがない。それを知っているかのように、颯爽《さっそう》と隣に座ってきたのは、蛍《ほたる》だった。

「え、でも……みんな蛍と食べたがっていたよ……」

転校してきてから二週間、休憩時間になるたび、蛍の腕は誰かに組まれ、予約されるかのように、お昼休みの予定は取り合いになっている。今日も教室で、その光景を見た。

「いいの。今日は、雪《ゆき》と食べたいの」

だけど蛍は涼やかに断言し、二〇〇㎖の牛乳パックにストローを刺した。

「雪のお弁当、美味しそうだねー。愛情たっぷり、みたいな」

「そうかな……普通やと思う」

蛍と言葉を交わすことには未だに緊張してしまって、どういうテンションで話せばいいのか悩んだ挙句、素っ気ない返事になってしまうことが多かった。

「なんでも普通がいいんだよ。おにぎりと卵焼きとウインナーとブロッコリー。あとプチトマトと冷凍のグラタンも入っていたら最高」

「冷凍のグラタン……食べたことない……」

「そうなの？　美味しいよ。底の紙に占いも書いてあって楽しいし」

ぼそぼそと食べかすをこぼすような話し方しかできないうちとは対照的に、蛍は華やかに歌うように話しながら、購買で買ったのだろうやきそばパンの袋をパンッと音を立てて開けた。

こうして蛍の隣に座っているとボンレスハムみたいな自分が、化け物みたいに思えてくる。

「そうだ。質問タイムしようよ」

「質問……タイム？」

「そう。私は雪のことを何も知らないし、雪は私のことを何も知らないでしょ。だから、お互い、色々知るべきだと思うの。ということで、先に雪が質問していいよ」

やっぱり蛍は二次元の世界からやって来たのかもしれない。

アニメの一場面を体験しているかのような、おそらく可愛い子特有の――というより特権の、少し強引な感じにうちは憧れていた。

「あ……じゃあ……えっと……。蛍は本当にオタク……なん？」

どちらでもいいことではあったけれど、最も気になっていたことでもあった。

「そうだよ」

やきそばパンの紅ショウガの部分を齧《かじ》ったあと、蛍はあっさりと答えた。

もしかするとアキバがある東京では、オタクであることがそれほど珍しいことではないのだろうか。少なくともこの学校では、ジャニーズオタクは別枠だとしても、二次元のオタクだなんて絶対に隠さなければいけない趣味だし、それこそ腐女子だなんて、部室以外では口が裂けても言えない。

「……そんなに、可愛いのに……？」

ふと胸中に疑問が浮かんできてつい声に出してしまうと、蛍はちょっとこわい顔つきになって、こう問い返した。

「可愛いとか、関係あるの？」

うちは首を振った。

確かに偏見だった。逆の立場で考えれば、オタクもリアルで恋をするの、と訊《き》いたようなものかもしれない。でもオタクがリアルで恋をするのと、美少女がオタクなのでは、何か雲泥の差がある気もした。

「じゃあ私からも質問。雪は、顔が可愛かったら、幸せになれるって思う？」

まるで光が埋め込まれているような瞳で、うちを見つめて蛍は訊いた。やっぱりさっきの発言が気に障ったのだと思う。

うちはこわごわと、けれど正直な気持ちを優先して、静かにこくりと頷《うなず》いた。

「ふーん。雪って面白いね」

なんとなく怒られるかと思っていたのに、蛍はおかしそうに笑った。

「じゃあ次は、雪から質問して」

「えっと……蛍はお弁当より、パンが好きなん……？」

もう正直、質問は思いつかなかったが、何か問わなければならない気がして、下らないことを訊いた。

「そんなの、お弁当が好きに決まってるよ。でも今、独り暮らししてるの。あと私……料理できないんだ」

「そう、なんだ」

驚いた。高校生なのに一人暮らしをしているなんて、私には想像もできなかった。

……家族は、どうしているのだろう。

疑問に思っていると、表情に出ていたのかもしれない、目を伏せて蛍が言った。

「家族はみんな、死んじゃったの」

途端に――見続けている悪夢がフラッシュバックして、息が詰まった。

何があったのか、それこそ質問するべきだったのかもしれない。

だけどうちには、その理由を軽々しく訊《たず》ねるような真似はできなかった。

「……よかったら、うちのお弁当……食べる？」

質問をする代わりに、うちは言っていた。

「え？」

「うち……お弁当、二つ持ってきてるから……」

トートバッグから、もう一つのお弁当箱を取り出す。

今食べているのと同じ並びで、おにぎりとおかずが入っている。

「どうして二つあるの？」

早弁用に、とでも答えればよかったのかもしれない。

でもその嘘《うそ》は——すべてを否定することになると感じて、躊躇《ためら》われた。

「ママがいつも二つ作ってくれるから」

それも嘘ではなかった。

「……じゃあ、お言葉に甘えて頂くね」

蛍はそれ以上、詮索してはこなかった。なぜなのか訊かなかった。ただうれしそうに、うちが差し出したお弁当を受け取った。

「うん。あとさ……うち、ちょっとダイエットしようかなと思って、これからもよかったら、一つ……もらって」

「……いいの？」

それからお昼休みは、この場所で、もう一つのお弁当を蛍に渡すことが恒例となった。

○6○

2005/12/23
Re:Re: 死んだ姉の分

かじかんだ手を、吐く息で溶かしてから玄関を開ける。玄関の中央には、持ち主がまだ存在するかのように、血痕が残る焦げ茶色のローファーがきれいに揃《そろ》えて置かれている。

「ただいま」

「あら、早かったわね。今日は寒かったでしょ。体があたたまるようにビーフシチューを作ったのよ。ほら、大好きでしょ？」

おそらくそのビーフシチューの茶色が飛び散った、リボンやフリルのついた白いエプロンを纏《まと》ったママが、嬉々《きき》として伝えてくる。大好きではないし、どちらかといえばホワイトシチューのほうが好きだ。

「うん、うれしい」

でも笑顔を作り、そう頷かなければいけない。

だってこの体のなかには……もう一人――いるのだから。

――うちには双子の姉がいた。

名前は六花《ろっか》。六花とは、雪の結晶を表す異称だ。

双子といっても二卵性双生児で、瓜二つというわけではなく——親戚にすら本当に双子なのかと疑われるくらい、似ていなかった。

学校では、可愛いほう、ブスなほうと、裏で呼ばれていた。いうまでもなく、うちがブスなほうだ。さほどショックではなかったのは、その現実を誰よりも受け入れていたからなのだろう。

幼い頃から、ママはあからさまに六花のことばかりを可愛がっていた。

六花には惜しみなくブランド物の子供服や、最新の玩具《おもちゃ》を買い与え、毎日六花の好物ばかりが食卓に並んだ。六花はしばしば、飽きたふりをして、うちに可愛らしい洋服を譲ってくれた。六花が飽きたものを着る分には、何も言われなかった。わざわざうちの服を買う手間が省けてよかったのかもしれない。

きっとママにとってうちは、無駄に一人、産まれてきてしまっただけの存在だった。

「あーあ。雪と同じ顔に生まれてこられたらよかったのに」

心まで美しかった六花は、いつだってうちがママに愛されていないことを気にしてくれていた。

「なあ雪、大人になったら、ふたりで遠い国で暮らしたいな」

だからクリスマスに六花だけがプレゼントをもらった日、そんな提案をしてくれたのだろう。

「遠い国……？」

「そう。たとえば、パリとか！　歩いているだけで、うれしくなるような国」

「じゃあ、エッフェル塔が見たい……」

うちは言った。

正直エッフェル塔くらいしか、パリのことを知らなかった。

「いいな。じゃあ、エッフェル塔の見える部屋借りて、ふたりで暮らそうよ」

「うん」

「約束」

成長途中の小指を、ふたりで絡ませる。

不思議なことに——顔以外の部位は、ぜんぶ同じ人間みたいに一緒の形をしていた。

「雪に、あげる」

そして六花は、あの夜、自分がもらったクリスマスプレゼントを、うちにくれた。

金色のリボンを解《ほど》き、煌《きら》びやかな赤の包み紙を剝《は》ぐと、中に入っていたのは、Ｇペンやコピックや原稿用紙などが入った漫画家セットだった。

「わあ。ありがとう、六花」

うちは空も飛べそうな気持ちで両手を広げ、六花の体に思い切り抱き付いた。

一瞬で宝物になったのは、それが最初から、うちへ渡すために、六花がママに頼んでくれたものだとわかったからだ。うちがいつも漫画を読んでいる姿を見て、選んでくれたに違いなかった。

それから、ふたりで遊べないときは絵を描くようになった。

中学生になってからはますます二次元の世界にのめり込み、好きな作品のキャラクターグッズを買いにアニメイトに通うようになり、漫画を描きはじめ、気が付けば立派なオタクと化していた。

六花が少女漫画のような恋をしている間、貪るようにしてBL本を読んでいた。最初から男同士の恋愛に興味があったわけじゃないけど、キャラクターを愛しているうちに、最終的にそこに辿《たど》り着いてしまったのだ。それに二次元以外に恋をしたことのないうちにとって、BLのほうが、よっぽど現実的な世界に思えた。

そんなふうに、同じ日に同じ胎《はら》から生まれたのに、六花の人生はうちとは全く違った。

それでも六花とは、双子の引力みたいなもので通じ合っていたし、本当に仲が良かった。

毎日一緒にお風呂に入って、手を繋《つな》いで眠った。

「雪のことが、いちばんだいすき」

うちがどんなに暗くてオタクでも、六花はそう言ってくれた。

それだけで、うちの心は救われていた。


だけど、悪夢のような現実が降りかかってきたのは、二年前の冬だった——。

その日は空から、雨の粒がそのまま凍ったような細かく美しい雪が降っていた。

終業式のあと一緒に下校していて、その冬はじめての雪が降ってきたことに、ふたりしてはしゃいでいた。

「わあ、きれい！」

普段は通らない道へと、点滅している信号を渡ったのは、向かいの雑貨屋さんのショーウインドウの中に、映画で見るような立派なクリスマスツリーが飾られているのが視界に映ったからだ。センスのいいイルミネーションが施され、音楽を奏でながらきらきらと輝いていた。

流れていた曲は『星に願いを』のオルゴールバージョンだった。

「なあ六花、こっち来て！　すごいきれい！」

ツリーに魅入られながらうちはその名前を呼び、後ろにいる六花に手を伸ばすと、ひらひらと動かした。

「うん、すぐ行く！」

六花が元気な声で答える。

その数秒後だった。黒板を爪でひっかくような急ブレーキの音がして——バコーンッという不吉な音が辺りに轟《とどろ》いた。

背後で一体いま——何が起こったのか。想像しかけただけで、目の前が暗闇に包まれていくのがわかった。

はっ、はっと、過呼吸に陥ったように小刻みに息を吐きながら、うちはゆっくりとおそろしい音のしたほうへと振り返った。

こちらに向かっていたはずの六花の姿は、そこになかった。

「……六花、どこ?」

道路を視線で辿っていくとその体は十メートル以上も先に横たわっていた。

「なあ、六花……だいじょうぶ」

こんなに飛ばされて大丈夫なはずがないのに、そんな呼びかけをしながらゆっくり近寄った。

まるで壊れた操り人形みたいに手足が違う方向を向いていた。

頭からは、絵の具だと思いたいほどの真っ赤な血が、ぼたぼたと漏れていた。

ボンネットが大きく凹んだ乗用車から、細いフレームの眼鏡をかけた、背の高い、いかにも頭の良い大学生という感じの青年が、顔面蒼白《そうはく》で現れた。遠目からでも青年が美しい顔をしているのがわかった。

足を震わせながら六花に歩み寄り、事故の惨状を垣間見た青年は、魂が抜けていくかのように、その場に座り込んだ。

「うわあああああ、ああああああああ」

そして目の前にある現実を受け止めきれないと言わんばかりに錯乱しはじめた。しばらく世界の終わりのような嗚咽《おえつ》が響いていたが、誰かが呼んでくれた救急車が到着する頃には、彼は完全に表情を失っていた。それから病院へ運ばれ、変わり果てた六花の前で、ママは青年を責め続けた。青年は呼吸をするように「ごめんなさい」と言い続けた。でもこの事故は、彼のせいなんかじゃなかった。

もう赤信号になることを知っていたのに、うちが六花を手招いてしまった結果だった。

「そうだ、双子なんだもの……。きっと六花ちゃんは、雪ちゃんの体に入ったのよ……」

そしてパイプベッドの上で、まるで凍っていくように白く硬直していく六花を見つめていたママが突如、そう閃《ひらめ》いたのがすべてのはじまりだった。

「だから……六花ちゃんは死んでない。ね、そうでしょ……?」

狂気と絶望を孕《はら》んだ笑みを向けられて、うちは取り乱すことも許されず、頷くことしかできなかった。

それからうちは、ふたり分を生きることになったのだ。

体は一つしかないから六花の人生が優先された。入学するはずだった共学の進学校ではなく、わざわざ偏差値の低い私立女子高に入ったのもその一つだ。

「六花ちゃん、この制服が着たいって、言っていたものね」

「うん」

「学校がはじまるのが、楽しみね」

「うん」

ふたりになってから、ママは笑顔で、うちに話しかけてくれるようになった。それまで必要最低限の会話以外、無視されていたのが嘘みたいだった。うれしかった。たとえうちの中の六花に話しかけているのだとしても、産まれてきてはじめて、ママに愛されている気がした。

だけど唯一辛《つら》かったのは、ママが毎日、食事をふたり分用意することだった。

少しでも残せば、「ねえ、雪ちゃんは、六花ちゃんが可哀想だと思わないの……？」死んだ目をしてそう言った。

ふたりになったうちの体は、どんどん肥大化した。

パパは面倒だったのだろう、この異常事態については見てみぬふりを決め込んでいたが、罪滅ぼしをしているつもりなのか、おこづかいだけは申請すれば際限なくくれるようになった。

そしてそんな生活を続けるうち——自分の中にまだ六花が生きているような気持ちにも、なっていた。

2007/01/31
Re:Re:Re: 死んだ姉の分

「蛍ちゃんと五十嵐《いがらし》ちゃん、いつも中庭で食べて寒くないのー？」

「寒い中で食べるのって、結構気持ちいいよー」

校舎の窓から身を乗りだして声をかけてきたギャルに向かい、蛍が手を振りながらさわやかに返事をする。

隣に座っているだけで、勝ち誇ったような気分になるのはなぜだろう。作られた派手な美しさは、自然な美しさには敵《かな》わない。さらに勉強やスポーツまで得意となれば、今や教室内におけるカーストの頂点は紛れもなく蛍だった。

蛍とお昼休みを過ごすようになってから、ギャルたちから財布として誘われることはなくなった。

それどころか、こうして五十嵐ちゃんと称されるまでになっている。蛍の友達だというだけで扱いが変わるなんて不思議だった。だけど蛍が学校を休んだ日は、露骨に五十嵐さんという呼び方に戻るから、うちの価値が上がった訳ではなかった。

それでも蛍の傍《そば》にいると、自分がオタクではない、普通の女子高生として生きられているような気がして、味わったことのない多幸感に包まれた。

「わあ。グラタンが入ってる」

お弁当箱の上蓋を開けて蛍がさっそく気付いた。昨日の晩思い切ってママに、食べてみたいと頼んだ甲斐《かい》があった。朝からずっと蛍が喜んでくれる姿を思い浮かべていた。

「久しぶりに食べたけど、おいしいね。幸せの味がする」

「幸せの味？」

「うん、幸せの味」

蛍は満足そうにグラタンを噛《か》みしめながら、溜め息をつくように言った。

食べ終わったあと、カップの底に目を配ると、デフォルメされたパンダのイラストの横に〈たべすぎにちゅうい〉と書かれていた。これが蛍の話していた占いなのだろうか。当たっているというよりは警告のように感じた。

「ねえ雪、ずっと気になっていたんだけど、早弁用に一つ余計に持って来ているのに、いつも私がもらってもいいの？　ダイエットしているなら、家の人に、そう言えばいいんじゃないの？」

ああ、そうか。蛍はやはり、早弁用だと解釈していたのだ。

これまで何も訊かれないことに、安心しきっていた。蛍に食べてもらっている以上、いつか話さないといけないとは感じていたが、この淀《よど》みきった胸の内を知られるのがこわかった。

「ごめん……」

食べ物に罪はないのは知っている。でもこのお弁当は、どう考えても狂った産物なのだった。

「なんで、謝るの？」

みるみる青ざめるうちを見て、蛍はきょとんとした顔を浮かべた。

「ダイエットしてるって言ったけど、あれは嘘……。本当は、死んだ姉の分やねん……」

死んだ――と言葉にすると、途端に手が震え出した。六花の声が、事故の残像が鮮やかにフラッシュバックする。

「……どういう、こと？」

割り箸でタコさんウインナーを摑《つか》んでいた蛍の手が、ぴたりと止まった。

「……姉が死んで、うち、ふたりになったから。二つ食べないといけなくて、それがきつくて」

自分でも、おかしなことを言っているとわかっていたけど、うまい説明が見つからなかった。

「ふたり……？　それは、どういうことなの？　詳しく聞かせて」

蛍は眉を顰《ひそ》め、左右対称のアーモンド型の大きな瞳で、うちのタニシに似た形の小さく細い目を覗《のぞ》き込んだ。

一度深呼吸をしてからうちは蛍に、事故のことを含めて、今までのことを話した。

「……今日、お家にお邪魔してもいい？　雪のこと、心配だよ」

少し黙り込んだあとで、蛍は訊いた。

「……え、でも」

罪悪感から話してしまったものの、血迷ったかもしれない――そう後悔しはじめたとき、お昼休み終了のチャイムが鳴り響いた。はやく教室に戻らなければいけない。でも蛍はなかなかベンチから立ち上がらなかった。うちの肉まんみたいに分厚い手を、自分とは違う生物としか思えないその華奢《きゃしゃ》な手で、ぎゅっと握っている。

「だって……泣くほど、辛《つら》いのでしょう？」

そう言われて、うちはようやく自分が泣いていることに気が付いた。

そうして部活終わり、本当に蛍が家に来ることになってしまった。

この話は忘れてと断ったのに、蛍は折れそうに細い腕を絡めながら「大丈夫、私に任せて。絶対に雪の役に立ってみせるから。それにずっと、お弁当をもらっているお礼がしたかったの」と、悪戯っ子のように何かを企《たくら》みながら微笑んだ。

「ただいま」

——友達を家に連れて帰ったりするのは、はじめてのことだった。

ママはどんな反応をするだろうか。なんだか無性に、こわくなってきた。

「おかえりなさい。って、あら……お友達？」

ママは明らかに動揺していた。蛍の圧倒的な美しさに慄《おのの》いているのか、もしくはその佇《たたず》まいが、ほんの少し六花に似ていると感じたのだと思う。だってうちもかすかにそう感じていたから。

「はじめまして、七瀬蛍です。雪さんにはいつも、よくしてもらっています」

蛍は優等生らしくはきはきと答え、深く頭を下げた。その拍子だった。ファスナーを閉め忘れていたのだろうスクールバックの中から、一冊の文庫が玄関の床へと落ちた。それは以前、部室で蛍が猫井《ねこい》にいつか会ってみたいと話していた柊木沢《ひいらぎざわ》エルの本だった。『愛に挟む栞《しおり》』というタイトルを見て、ママははっとした表情になり、仰々しくてのひらで口元を押さえた。うちにはその理由がすぐにわかった。なぜならそれは、六花が亡くなる日の前、「これすごくいいお話だったよ。読んでみて」と、ママに薦めていた小説だったからだ。

蛍は異様なママの反応を気にしつつも、落とした本を冷静に拾い、それから首を傾《かし》げた。

「あの、どうされましたか……？」

きっとママは、蛍に嫌味をぶつけるに違いないと思った。でもその反応は思っていたものとはぜんぜん違った。言葉を失ってしまうようなものだった。

「その本……娘に薦められていたんだけど、貸してくれた次の日に事故で亡くなってしまってね……思い出すと悲しくなって、読みたいのだけど、読めてないのよ……」

「……そう、だったんですか。私何も知らなくて……、ごめんなさいっ」

神妙な面持ちを浮かべ、蛍は慌てて謝罪してから、こうつけたした。

「でも……この本を薦めるなんて、きっとお母さんのことが、大好きだったんですね」

「それはどうしてなの……？」

「だってこの小説には……、親子の愛が、いっぱい詰まっていますから」

蛍が大切そうにそう答えると、ママの目からは途端に涙があふれだした。

「……あの。名前をもう一度、教えてくれる？　さっきは気が動転していたから」

ママはその涙を拭き取ることなく、蛍に訊いた。

「蛍です」

「そう。ねえ蛍ちゃん。よかったら家で夕食を食べていかない？　まだ……自分では読めそうにもないから、この本の話を、ぜひ聞きたいの」

「ええ、素晴らしい本なのでぜひ話したいです。でも……ご飯までいいんですか？」

「もちろんよ。ねえ雪ちゃん？」

断ることなどできない問いかけに、ただ頷いた。

さっき、うちの中で生きているはずの六花のことを「事故で亡くなってしまった」と言ったママに対して、絶望のあまり声が出なかった。

「さあ、玄関で立ち話もなんだから、上がって頂戴。蛍ちゃんは何が好物なのかしら？」

玄関の中央に鎮座し続けていた、薄らと血痕が残る六花のローファーを隅に片づけ、ママはそう促した。

「えっと……グラタンです」

六花と同じこげ茶色のローファーを脱ぎながら、蛍はおずおずと答えた。


そしてその夜――夕食は二人分出てこなかった。

きっと他人がいるからだ。さっきの絶望するような発言も、他人である蛍の手前、ああ言っただけだ。母の中で六花は死んでないはずだ。うちの中にいるはずだ。そう自分に言い聞かせていたとき、

「わあ、やっぱりすごく美味しいです」

エビグラタンを頬張りながら、蛍が口走った。

「やっぱり……？」

ママは怪訝《けげん》そうに眉を寄せた。一瞬にして冷や汗が噴き出る。

「はい。私、一人暮らしをしているんですけど、料理が苦手で、だからお昼、雪さんにおかずをわけてもらったりしていたんです」

すらすらと作られる違和感のない言い訳にホッとした。

友達におかずをわけるくらいなら何も言われないだろう。

「あら、そうだったの。だけど普通のお弁当でしょ？　昔はもっと凝ったのを作っていたんだけど、最近は気力がなくて……」

弱弱しさを見せつけるようにママは言った。確かに六花がいた頃、ママの手料理はもっと凝っていた。お弁当のおかずだって、毎日違った。それはぜんぶ、六花を喜ばせるためだった。

「普通がいちばんです」

蛍は言い切る。はじめて話した日も確か、同じことを言っていた。

「でもどうして、蛍ちゃんは一人暮らしをしているのかしら？」

「……両親が亡くなって……、それから」

「まあ……」

それ以上ママも理由を訊かなかったし、蛍も話したくはなさそうだった。うちはこう思う。誰かに伝えられるような悲しみは、その程度の悲しみで、本当の悲しみではないのかもしれないと。

「だから毎日、こんなに美味しいご飯を食べられる雪さんが、羨ましいです」

どきりとしたのは、羨ましいなんて言葉を、生まれてはじめて言われたからなのだろう。

「だったらこれからは、雪ちゃんのお弁当、一つは蛍ちゃんが食べればいいわよ」

それはどういう意味なのだろう。耳を疑うくらい、あまりにも軽率にママは言った。

「ほら、この子、早弁用に二つ持っていっているでしょ。一つは、蛍ちゃんが食べて」

「え……でも……雪、いいの？」

謙遜しながらも、企みが成功したよ、と言わんばかりの目配せだった。

「あ……うん、ママがいいなら……」

「いいに決まっているじゃない」

かぶせ気味に放たれたママの声は、鋭かった。

そのあと食卓には、凍らせたイチゴの果実がまるごと入ったストロベリーアイスが出てきた。

ずっと冷凍庫の奥に眠っていたはずの、六花のいちばんの好物だった。

「遅くまでお邪魔しました」

ようやく本の話が終わり、ママと一緒に見送りに外にでると、もう空はすっかり暗くなっていた。物語の内容に終始泣きじゃくっていたせいだろう、ママの化粧は見事なまでに剝《は》がれて、顔はぐしゃぐしゃになっている。

「お邪魔なんかじゃないわ。久しぶりに、とても素敵な気分になれたんだもの。蛍ちゃん、こんな夕食で良かったら、いつでも食べに来てね」

「はい、ありがとうございます。また来ます。じゃあまた明日ね、雪！」

去っていく途中、蛍は何度も振り返って、手を振った。

「とっても可愛らしい子ね」

空気中に溶けゆくような声色で、ママはぼそりと呟いた。

蛍の背中を完全に見送ったあと、うちはいそいで二階の自分の部屋へと駆け上がり、床に散乱している漫画を、どれでもいいからと開けた。とにかく心を落ち着けたかった。でも、内容なんて入ってくるわけがなかったのだ。

どうしようもできない感情が、脳みそのてっぺんまでこみあげてくる。

そうだ。心のどこかでは——わかっていたことだ。

ママはやっぱり、狂ってなんかいなかった。ただうちに、嫌がらせをしていただけなのだ。

あの事故の日――ママは言わなかったけれど、絶対にこう思っていたはずだ。どうしてお前じゃなくて、六花が死んだのだと。だってうちもそう感じていた。どちらかが死ぬのなら、生き残るのは、六花であるべきだと感じていた。
思わず泣きだしそうになったその瞬間、着うたに設定しているレミオロメンの『粉雪《こなゆき》』が鳴り響いた。

2007/01/31 21:05
From: 七瀬蛍
今日は遅くまでごめんね。
私、ちゃんと雪の役に立てたかな?
これからも、なんでも言ってね。
☆親友☆なんだから。

――親友。
星型の絵文字でデコレーションされたその言葉に、不思議なくらい胸がざわついた。本棚から辞書を取りだして、意味を引いてみる。

『信頼できる親しい友
意味は〈心を許し深く理解しあっている友〉。
仲のよい友人。「無二の――」』

そう、なのだろうか。うちと蛍は、お互いを深く理解しあっているのだろうか。

親友ができたことがないから、わからない。でも蛍が、うちのことを親友だと思ってくれているのなら、それはどう考えたって、光栄なことなのだろう。

〝――雪は、可愛かったら、幸せになれるって思う？〟

ふと、はじめて二人で話した昼下がりに、問いかけられたことを思いだす。

もしかしたら蛍は今、幸せではないのだろうか。

理由はわからないが、両親を亡くし、うちの環境を羨ましいと感じるくらい、不幸だと感じているのかもしれない。

でもうちは、今より不幸になったとしても構わないから、蛍のように可愛くなりたいし、可愛く生まれたかった。

一度でいいから、可愛いというだけで、誰かに愛されてみたかった。

2007/02/01
From: Sakura okawa
Re: 初プリクラ

ベクトルの終点の存在範囲……。これはいったい何のために学ばなくてはならないのだろう。どう考えても数学Bの教科書には、これからのボクの人生に必要な公式など、一つも記されていない気がする。だいたい数学担当の教師がきらいだ。あのバーコードのような禿《は》げ頭がもう気色悪いし、黒板を指す指に無造作に生え散らかした指毛を見ているだけで寒気がする。たぶん、あの教師が死んでもボクは泣かないだろう。というより、この学校のみんなが一斉に死んでしまってもボクの目からは一滴の涙も流れはしないだろう。

この学校に通う誰もがボクのことを好きじゃないように、ボクも誰のことも好きじゃない。ただ毎日、水槽に閉じ込められているような息苦しい教室の中で、なんの意味も持たない時間が流れていく。誰と目が合うこともない、誰に話しかけられることもない、透明な時間だ。

それは体育の時間なら、なおさらそうだった。

お決まりのように「二人組になりなさい」という命令が下ると、女の子たちは、はしゃぎながら誰かと手を繋《つな》いでいく。

ボクはいつも、ぽつんと体育館の端っこのほうで突っ立っている。

「死んでも、お前とは二人組になりたくない」と、言われている気分だった。

否、実際にそう思われていたのだ。

体育の時間になるたび、心の底から死にたいと思う。でも別に死んだりはしない。

だってその感情が、もうボクにとっての普通だったし、空気以下の存在であるボクと二人組にはならないというのは、女の子たちにとっての普通だった。

でも最近は、その普通が覆されつつ——あった。

「桜《さくら》、一緒に組もう！」

蛍《ほたる》がそんな具合に、ボクのことを誘ってくれるからだ。

体育の授業は二クラス合同で行われ、競技は選択制で、適当に選んだバスケットボールの授業を、隣のクラスの蛍も選んでいた。

「蛍ちゃんってほんま、天使みたいやんなあ……一緒のクラスの子が羨ましい」

「うん……でもあんな底辺と自分から二人組になるのは、なんでなんやろう」

「きっと、放っておけないんだよ。蛍ちゃんってほんまにやさしいよね。顔まで可愛いと、心まできれいになるんやわ」

蜜と毒を漏らしながら、女の子たちは心底不思議そうな顔をしている。

「ねえ桜、今日部活ないでしょ、一緒に遊んでから帰ろうよ」

ふたりで背中合わせに腕を組み、ストレッチをしながら蛍が決定事項のように誘う。

「うん」

黄緑がかった金色の髪から漂ってくる甘いかおりと、蛍の体温をドキドキしながら感じつつも、よそよそしく頷《うなず》き、ボクは自分の上履きだけを見つめる。

しかし、なぜ蛍はボクなんかを誘うのだろう。話だって全然合わないのに。家がそれほど近い訳でもないのに。いつも、ふたりで出かけても、それほど盛り上がる訳じゃないのに。

もっとつりあう友達が、いるはずなのに。

だけどお昼も五十嵐《いがらし》と食べているみたいだし、部室では猫井《ねこい》にもよく話しかけている。同じ生物部ではあるけれど、女の子たちが言った通り、どうしてわざわざ底辺たちを気に掛ける必要があるのだろう。ボクが蛍だったなら、底辺たちと仲良くしたいと思うだろうか。絶対に、思わないだろう。

「たのしみだね」

「うん」

だから一応同調してみるものの、蛍がボクと出かけることについて、どういうふうに楽しみなのか、ボクには全然わからない。

「大川《おおかわ》さん、掃除当番代わってくれませんか？」

「うちら、用事あるねんか」

そして指定外のEASTBOYのリボンをつけた嘘《うそ》つきな女の子二人組からそう頼まれたのは、すべての授業が終わった後だった。普段ならば、どんなに面倒でも断りはしないだろう。でもきっともうすぐ蛍が教室に迎えに来る。そう考えると途端に強気になってしまった。

「……今日、ボクも用事があるから……」

その瞬間、女の子たちは獲物を見つけたような顔をした。

――やってしまった。

「え……今、ボクって言った？」

「マジで？　きっしょ」

容赦なく吐かれる暴言に、恐怖で頭が真っ白になっていく。

「てか、大川さんの声って前から思ってたけどさ……なんか、変じゃない？」

「あ、うちも思ってた」

「全然、顔と合ってないよな」

「わかる」

嘘つき女の子たちは、ボクに対しては嘘をついてくれない。ボクが傷ついていることなんて、考えもしない。なぜならボクは女の子にとって登場人物として認識もされていない。NPC《ノンプレイヤー》でしかない。だからこんなに堂々と目の前で、悪口を振りかけられるのだ。

「てか……なんか睨《にら》まれてるんですけど」

ただ反論できずに、そのやり取りを見ていただけなのに、完全な言い掛かりだ（目つきが悪いボクが悪いのかもしれないが）。

「おい、ブスの癖に、ちはるのことを睨んでんちゃうぞ」

底辺の人間に対して、女の子の怒りのスイッチは簡単に入る。絶対に勝てると、わかっているからだ。可愛くデコレーションされた長い爪で髪の毛を摑《つか》まれながら、まるで他人事のように、それは世界一可愛い武器なのかもしれないと思った。

嗚呼《ああ》――どうして、女の子という生き物は、こんなにもこわいのだろう。

ゲームにでてくる、どんな強敵よりも、おそろしい。

それに、痛くても、悲しくても、言葉だけは防御できない。

「ねえ、何してるのー？」

そのとき背後から――蛍の声がした。

女の子たちは、髪の毛を引っ張っていた手を、反射的に引っこめた。

「あ、蛍ちゃん！　今、大川さんに掃除当番代わってもらったところなの」

「ねえねえ、これからうちらと一緒にカラオケ行かない？」

蛍に対するその声はやっぱりきらきらしていて、さっきまでの道端に唾を吐くような声とは別人みたいだ。

「ごめんね、今日は用事があるんだ」

「そっかあ、残念」

「蛍ちゃんの用事って何？　もしかしてデート？」

「違うよー。桜と遊びに行くの」

ぱっと、ボクと手を繋いで蛍は言った。女の子たちが黙り込む。

「ねえ桜、体育の時間に、遊ぶ約束したのに、本当に掃除当番……代わったの？」

「……えっと」

一瞬戸惑ったものの、それはおそらくボクに対しての嫌味ではなかった。女の子たちへの警鐘だった。

「いや、蛍ちゃん、違うの。代わってもらおうとしていただけだから、気にしないで。もう、蛍ちゃんと遊ぶんだったら、大川さんも先に言ってよー！」

だからボクが答えるまえに、女の子は降参したように演技めいた話し方でそう言い、お得意の嘘の笑顔を向けた。

「そうだったんだね。よかった。じゃあ桜、帰ろっか」

蛍はボクだけに視線を送り、ちょっとだけ得意げに言った。


それから河原町《かわらまち》へ向かうため、学校の最寄りの駅から京阪《けいはん》電車に乗った。四角く区切られた窓には雪がちらついている。これは地面で溶けてしまうだけの、積もることのない雪だ。

「あ、ありがとう……」

周囲に同じ制服を着た生徒がいなくなったのを確認してから、ようやく蛍に言った。

「何が？」

「助けて……くれて」

「ああ。あんなの、雑魚《ざこ》だから」

蛍はゲーム好きのボクに合わせてくれたのだろうか、らしくない言葉を使い、涼しく笑った。

「ねえ、でもなんで桜はボクっていうの？」

からかうわけではなく蛍は訊《き》いた。——やっぱり蛍は最初から、話を聞いていたんだろう。

「そういう……キャラクター設定……だからです」

去年くらいから、美少女キャラがボクという一人称を使うのが流行っていて、それが可愛いなと思って、ナデシコのキャラ設定に、なんとなく採用したのだ。

リイ君と電話をするようになってからは、なるべくキャラ通りの口調を演じているうち、現実でもボクというのが癖になった。

というかボクはたぶん、何か一つでも、ナデシコに、自分の理想を詰め込んだキャラクターに近づきたかったのだと思う。

「それは、あの、魔法世界《マジカルワールド》とかいうゲームの中の自分が、っていうこと？」

説明しきれなかった部分を、蛍が補完してくれる。

「……う、うん」

「桜のキャラクターってどんなの？　見せてよ」

そういえばゲーム中は、基本的に動き回っているから、スクリーンショットを撮ったことがなかった。

「いいですけど……今は、パソコンがないので……」

「あ、そっか」

「でも……蛍に出会う前に作ったキャラなのですが、なぜだか蛍にとても似ているんです……。髪の色とか、雰囲気とか……」

こうして間近で見ても――やっぱり蛍をモデルにしたと言っても過言ではないくらいだ。

そういえば蛍はどうして、黒髪や茶髪でも十分可愛いと思うのに、こんな派手な髪色に染めているのだろう。東京の女子高生の間では、流行っているのだろうか。本屋で見かける青文字雑誌の表紙などでは、こういう奇抜な髪色をした女の子が載っているのも見たことがある。

しかし質問する猶予は与えられないまま、蛍が話を続ける。

「へえ、ますます見てみたくなった。でも桜って、部室でも本当にずっとプレイしているよね。そんなにネットゲームって……面白いの？」

「はい……家にパソコンがないからつい……あとコイビトと一緒に遊んでいるので……」

引かれるかもしれないと、発言してから思った。ゲームでコイビトを作るなんて、蛍にとっては全く想像もできない別世界のことだろう。

だが蛍はバカにせず、それどころか、食いついてきた。

「え、そうなんだ。恋人と一緒にゲームしてたんだ。恋人って、どんな人なの？」

それはきっと、リアルで――という意味だった。

「わからない……。会ったことがないから。でも、いい人だと思います……」

「そっか……。ゲームで出会った人ね」

蛍はなんだか、がっかりしたような口調で言った。考えてみれば、きっとゲームでコイビトが作れるなんていう発想すら、蛍にはなかったのだ。

「ねえ、それっていずれ現実で会おうとか、思ったりするの？」

ボクはどれだけトリートメントをしてもボサボサの髪がさらに乱れるくらい大きく首を横に振った。

「どうして?」

「……絶対に、幻滅、されますから……」

「ふうん……。反対に、相手に幻滅するかもよ?」

すると蛍はそんなふうに言い返して、にこりと微笑んでから立ち上がった。

四条《しじょう》駅で下車して、半地下にあるマクドナルドへ寄った。

蛍は一人暮らしをしていて、料理ができないから、いつも食事は、外食かコンビニで済ませるか、食べないのだと話してくれた。だからこんなにも痩せているのだなと思う。

ボクはチーズバーガーを頼み、蛍はグラコロバーガーを頼んだ。

「冬になると、一回は食べないと気が済まないの」

蛍とマクドナルドの組み合わせは、なんだか似合わなかった。

その後、四条河原町から三条河原町へ向かい、弾まない会話を続けながらぶらぶらと歩いていると、ボーリング場の前に一台だけ置かれている、花鳥風月というプリクラ機に、違う学校の女子高生たちが、はしゃぎながら吸い込まれていくのが見えた。

「……ねえ。私たちも、プリクラとろっか？」

一瞬、私が羨ましそうな眼をしたのが見えたのだろうか、蛍は訊いた。

「う、うん」

思わず声が弾んでしまった。いつもクラスメイトたちが、教室で交換しあっているのを見て、ずっと撮ってみたかったのだ。

プリクラ機の中は、蛹《さなぎ》が一瞬で蝶《ちょう》になってしまうのではないかと思うくらい、眩《まぶ》しかった。

荷物を置いて、二百円ずつ出し合って四百円を入れると、設定画面が現れた。

「背景はどれがいい？」

「え、えっと……どれでもいい」

「じゃあ、全身とアップどっちがいい？」

「あ……じゃあ、アップで……」

「目の大きさどうする？」

「お……大きめで」

「肌の白さは？」

「し、白めで……」

「ふふ、わかった」

蛍は片手で器用に口紅を塗りなおしながら、慣れた手つきで、パネルをタッチする。

――3・2・1　パシャ。

カウントダウンに合わせ、蛍は色んな表情やポーズを決めるのに、ボクは全部、ちょっとはにかんだ顔で、ポーズはピースサインしかできなかった。

印刷が完了し、取り出し口から落ちてきたプリクラは、照明で肌が白く映るせいだろうか、目が大きくなっているせいだろうか、心なしか、自分が可愛く映っているように感じた。隣に映っている蛍は、異次元な可愛さだった。

そして――ボクは見つけた。

♡ほたる　さくら　親友♡

ラメで縁取られたピンクの文字。

それは、蛍が担当した落書きだった。

2007/02/14

Re:Re: 初プリクラ

ハッピーバレンタインというタイトルで、リイ君から写メが送られてきたのは、一時間前のことだ。データを受信する前は、バレンタインにちなんだ画像だろうと、予想していた。クリスマスやお正月にも、ネットで拾ったのだろうキュンとする文字入りの画像を送ってくれたからだ。

でも添付ファイルを開いて、ボクの心臓は止まった。

——自撮り写真、だったのだ。

〈いきなり、ごめん。びっくりしたよね。俺ね、本当にナデシコちゃんのことが好きなんだ。電話するたび、リアルでも会いたいって、思わずにはいられない。でも……お互いがどんな人間かも知らずに会うのはこわいと思うし。だから……思い切って写メ送った。もしよかったらだけど、ナデシコちゃんの写メも見られたら、うれしい。絶対、嫌いにならない自信があるから、お願い〉

そして続けて来たメールには、そう書かれていた。

「はあ……」

絶体絶命の状況だ。

十七年という人生の中で、いちばんと言っていいくらいの、深刻な溜《た》め息が漏れた。

だが呆《あき》れるほどに胸が熱くなっていくのを感じてしまう。

ますますリイ君のことを、好きになってしまっている自分がいた。だって送られてきた自撮りに映っているその顔が、魔法世界でのキャラクターイメージそのままだったのだから。

——身の程知らずもいいことに、昔からそうだった。

ボクは、いわゆるイケメンばかりを好きになる習性があった。

きっと自分が醜いせいなのだろう。美しいものに惹《ひ》かれてしまうのだ。

だからという訳でもないが、恋が叶《かな》ったことなど一度もなかった。

イケメンはいつも、クラスでいちばん可愛い女の子と、とびきりスタイルの良い子と結ばれた。ボクなんて眼中にもなかった。見た目だけで、存在すら否定されていた。何もしていないのに、ただ見つめることすら、許されなかった。

いつだって歩いているだけで「あれはない」と頼んでもいないのに評価を下され、すれ違いざまのキモいという言葉をミュートする術《すべ》もなく、美しくない顔に生まれただけなのに、世界は信じられないくらいにＨＡＲＤモードだった。

行き場のない恋心を埋めようと、わずかにもらえるお年玉を貯めて買ったプレイステーション2で、乙女ゲームをプレイするようになった。はじめて告白エンディングを迎えた朝は、感動のあまり、コントローラーを持つ手元に涙が滴り落ちた。

こんなに幸せな気持ちに浸れたことはなかった。

その頃からボクの中で恋というのは、現実世界でするものではなく、二次元でするものだという方程式が確立されていた。

ゲームなら、選択肢をミスしない限り傷つくことは絶対にない。

だから魔法世界をインストールしたとき、ゲームの外側の生きている人間に恋をするなんて思ってもみなかったのだ。

人間は中身なんていうけれど、あれは普通以上の人だけが持てる思想だと、ボクは思う。

醜いと、見た目だけで、中身まで腐っていると認識されてしまう。

だけどある意味それは——事実、なのかもしれなかった。

〈リイ君、ハッピーバレンタイン。写メ、有難う。キャラそっくりで、びっくりしました。お返しに、ボクからも送ります。自撮りは恥ずかしいので、プリクラで、ごめんね〉

どうしても、この関係を終わらせたくなかった。

リイ君との交流だけが、今、ボクの生きる意味だった。

失ったら、死んでしまうと感じていた。

〈え………〉

リイ君からは、予想通り、すぐに返事がきた。今度はもう、不安ではなかった。

外見だけじゃなく、もうボクは中身まで腐り果てているのだろう。心からそう思った。

〈ナデシコちゃんもキャラとそっくりなんだね……！　顔も声も可愛いなんて……天使なの？〉

不吉に歪《ゆが》んでいく口元から、乾いた笑いがこぼれた。

自分の写真は送らなかった。送れるはずがなかった。絶対に嫌われたくなかったから。ボクはあの日ケータイに転送したプリクラ画像の、蛍が映っている部分だけをトリミングして送ったのだ。

2007/02/14 01:35
From: 七瀬蛍
　ハッピーバレンタイン！
　明日、学校で友チョコあげるね。
　チョコ固めただけだけど。

行動を見透かされているみたいに、蛍からの新着メールが届いて、電気ショックをくらったみたいに心臓が大きく跳ねた。

絶対に、やってはいけないことだと、わかってはいた。

だけどこれからも、ボクとリイ君が実際に会うことなど、永遠にない。

つまり絶対にばれることはない。

大丈夫。大丈夫だ。心配ない。

それにもう、送ってしまったのだから、後悔したって遅い。

なんて――。

ボクは後悔なんてたぶんしていなかったのだと思う。

それどころか、本当に自分が蛍になれたような気がして、快感を覚えていたくらいだった。

〈ナデシコちゃんのこと、ますます好きになっちゃったよ〉

リイ君から届く、一段と愛が深まったメールが、罪悪感を掻《か》き消した。

2007/03/07
From: shiori nekoi
Re: 君の皮膚になる

プリントアウトしたての文字は、人肌のように生暖かい。

「『君の皮膚になる』……この小説を、私のために書いてくれたの?」

蛍《ほたる》の問いかけに、私はこくりと頷《うなず》きました。

結局、書き上げるまでに、約二カ月もかかってしまいました。気が付けば、四〇〇字詰原稿用紙換算で二五〇枚ほどにもなっていたのだから、時間がかかるのは当然だったのかもしれません。長編小説など書いたことがなかったのに、一度指が動きはじめてしまうと、どんどん書きたい言葉があふれました。

「じゃあ、読ませてもらうね」

デュビアが雨を奏でる生物室で、蛍が原稿を読みはじめます。

その間、気を紛らわすために、生物たちのお世話をしていましたが、生きた心地はしませんでした。

蛍が崇拝している柊木沢《ひいらぎざわ》エルの描く、やさしさにあふれた物語とは真逆ともいえる、この痛みを訴えるような物語に、蛍はがっかりするかもしれません。けれどもう、どう思われたとしても、この小説を読んでほしいと――そう願ってしまったのです。

でも、やっぱり少しだけ、後悔も押し寄せてきました。

原稿を頭の中で思い返すと、物語自体が、私から蛍へのラブレターのような気がしてきたのです。当然ながら登場人物の名前は、蛍でもなければ私でもありません。

表面は女の子同士の異常な友情を扱ったミステリ小説ではありますが、察しのいい蛍なら、根底が百合小説であると気がついてもおかしくはありません。

怯《おび》えながらも、心の何処かでは、それに気が付いて欲しいと感じている自分もいました。


そうして蛍が原稿を読み終えるまでの、悪夢のような二時間が経《た》ちました。

窓の外はすっかり暗闇に包まれています。

最後のページを読み終わったあと、蛍は溜《た》め息をつき、原稿を持つ手を震わせました。

――怒り。

もしかして、そういう感情を持ったのかもしれない。嫌な予感がして私は身震いしました。

「すごい……」

けれど原稿から顔を上げた蛍は、心の底から感情を振り絞るように、そう呟《つぶや》きました。

「すごいよ……」

蛍はもう一度、今度は真っ直ぐに私の眼を見つめて、言いました。そして原稿用紙の束を机の上に置いてから、蛍は立ち上がり、短く切られたスカートを翻して、私の元へと駆け寄りました。

「栞《しおり》、すごい……！　すごいよ！　すごかった！」

繰り返し伝えながら、マシュマロのようにやわらかい両手で、私のかさついた手を包み込みます。

「ねえ、栞なら小説家になれるよ……。ううん、絶対に、なるべきだと思う」

ああ……そうか。小説を、認めてもらえたのだ。

ようやくそう感じとれた瞬間――全身の力が抜け、前髪に隠れている両目から涙があふれました。

蛍への気持ちが憧れだと、そう言ったけれど、違うのかもしれません。

私は蛍に、本当の恋をしているのかもしれません。

だって今――……こんなにも、胸がはりさけそうなのです。

「こんなに素晴らしい物語を、私のために書いてくれて……ありがとう」

小説に込めた私の気持ちに、蛍が気付いたのかどうかわかりません。

でももう、どっちだっていいと感じました。だって憧れの蛍に、認めてもらえたのですから。

それはネット上で神と呼ばれるより、何百倍も価値のあることでした。

自分自身を受け入れてもらったのと一緒のことでした。

高揚しながら、私は原稿用紙を束ごと裏向けて、勢いのままにこう書きました。

〈私と……友達に、なってくれますか？〉

するとと蛍はなんだか可笑しそうに、私を見つめました。

「何、言ってるの。もう、親友でしょ」

それから当然みたいに答えると、指の腹で、止まらなくなった私の涙をやさしく拭ってくれました。

〈うれしい〉

紙に書いたすべての文字が、みすぼらしく震えていました。

そのとき、あることに気が付きました。

……もしかして蛍は、泣いてくれたのでしょうか。

裏向きになっている原稿用紙の一番上——つまり最後のページが、所どころ、小さな円を描くように濡《ぬ》れて滲《にじ》んでいました。

2007/03/07 20:06
From: 七瀬蛍
今日は、素晴らしい小説を読ませてくれてありがとう。
ほんとうにすごかった。今も、思い出すだけで、その世界に入り込めるくらいだよ。
それでね、栞に一つ、提案したいことがあるんだ。
明日の部活終わり、ふたりきりで話そうよ。

2004/02/08
Re:Re: 君の皮膚になる
あの日父が、私に小説の才能があると告げたのは、私が人気小説家である母の血を受け継いでいるからだと思っていました。

「私、お母さんの小説が大好きです」

「まあ。ありがとう、栞」

「どうしてこんなにも、やさしい物語が浮かんでくるのですか……？」

「うーん……それは、愛を信じているからかな？」

愛をテーマとしたストーリー。痛みに寄り添うような心情描写。その二つを要に、多くの感動的な小説を発表し、熱狂的なファンもいました。東京ではトークショーなどのイベントに出ることもあり、美人作家としても知られてもいます。

私も母の小説のファンでした。文章にはいつも母の素晴らしさが滲みでているかのようで、読んでいるだけで幸せな気持ちになれ、こんな世界を生みだせる母の心を、尊敬してやみませんでした。私のこの、やや丁寧すぎる喋《しゃべ》り方も、母が書く小説の女の子像に感化されたものです。

――けれど父が死んでから、母の小説が世にでることは、一切なくなってしまったのです。悲しみからか酷《ひど》いスランプに陥ってしまったようでした。いつも懇意にしてくれていた山崎《やまざき》さんという編集者が家に来て、母に向かい、こんなふうに言っていたのを聞きました。

「先生、どうされたんですか。頂いたお原稿、読ませて頂いたのですが……正直……先生が書いたとは思えません。共感もできなければ、登場人物を誰も好きになれませんでした……。きっと今は、ご主人が亡くなられて、精神的に参られているのだと思います。ずっとお待ちしていますから、また人の心をあたためるような素晴らしい小説を書いてください」

山崎さんが帰ったあと、母は本棚に並べてあった小説をすべて床に投げ散かしました。

「あああ！　どうしてなの！　私が……愛を込めて書いた小説だったのに……！」

こんなにもヒステリックに暴れ狂う母を、はじめて見ました。

相当怒り疲れたのでしょう、その夜母は散乱した本の海の中で眠っていました。

そういうことが、何度かありました。

山崎さんは母の書きあげる小説にすっかり落胆したのか、やがて家に来なくなり、母はついに小説を書くことをやめてしまったのです。

「小説なんて、もういい。どうでもいい。私には才能なんて、ない。死にたい」

それは絶望を具現化したような姿でした。

――母はあんなにも小説が、好きだったのに。

いつも自分の書いた物語を、満足そうに読み返していたのに。

「ねえお母さん、これ、読んでみてほしいの……」

そしてあの日、母にまた小説を好きになってもらいたくて、私ははじめて小説を書いたのです。きっと私のことを思って紡いでくれたのでしょう、家族愛をテーマにした『愛に挟む栞』という小説に呼応する形で、柊木沢エルの小説が、母のことが大好きだという気持ちを込めました。それこそラブレターのような、稚拙な小説でした。

けれど小説を受け取ることなく母は私の右頬を思い切り打《ぶ》ちました。

頬は一瞬で、赤く腫れあがりました。

何が起こったのか、わかりませんでした。

「ねえ栞……小説なんて書いて……嫌がらせのつもり……？」

「え……？」

「ああ、そうか。お前も、私には何の才能もないと……私なんて誰にも愛されないと、言いたいんだな？」

それから母は、私の髪を摑《つか》み、私の体をずるずるとキッチンへと引きずっていきました。

髪が何本か、何百本かわかりませんが、頭皮から引きちぎれたのがわかりました。

痛みは、不思議なくらいに感じませんでした。

想像もできない、おそろしいことがはじまるのだという恐怖に、脳は支配されていました。

「お前はこの……まるで私に似ていない醜い顔を、今まで私が――どんな気持ちで、育ててきたのか、わかっているのか！　もう見たくもない！　お前の顔なんて、見たくもない！　あの女と同じ目に遭えばいい！　ああああああ！」

叫びながら母は、コンロに火をつけました。

それから……水に沈めるように後頭部を抑えつけ、私の顔を、炎であぶりはじめました。

「ぎゃあああああああ！」

熱いというよりかは、こわくて、ただ、このまま焼け死ぬのだと思いました。

しかし、皮膚の溶ける異様なにおいが漂いはじめると、母は自分の犯した過ちに気が付いたのか、それとも正気に戻ったのか、急いで火を止めました。

それから一度だけ「……ごめんね」と震える声で言い、私を抱きしめると、すぐ病院へと連れていってくれました。母に抱きしめられたのは、それが最後でした。

料理をしている最中、誤ってコンロに向かって転倒したようで、と母は説明しました。

医者は、近所でも作家として有名な母が、やったとは、疑いもしていませんでした。

必死に顔を傾けたおかげでしょうか、火傷は顔中には広がらず、右頬から口元にかけて負っただけで済みました。

幻肢痛というのに近いのかもしれませんが、何年が経っても、ふいに痛みを感じました。

そしてそのあと——母の前で小説を書くことだけはやめました。

生物部にいるときだけ、私は物語を紡ぐことを許されたのです。

2007/03/08
Re:Re:Re: 君の皮膚になる

高瀬《たかせ》川《がわ》沿い。

風俗店なども並んでいる木屋《きや》町通りに、大正時代からタイムスリップしてきたのではないかと錯覚してしまいそうな雰囲気を醸し出した喫茶店があります。

以前から、店の前を通るたびに気になっていたのですが、一人では入店する勇気がなく、

「昨日、メールしたけれど、二人で話せる場所へ行きましょう。どこかいいところ知っている？」

部活終わり、そう蛍に尋ねられたので、そこを指定しました。

店内に入ると、また一段とシックで素敵な内装でした。クラシカルな低めのテーブルと、年季の入った赤いベロア生地の椅子が並び、天井は高くドーム状になっていて、壁には店内と調和した絵画が飾られています。

想像していた通り、その空間に、蛍の存在は見事なほど溶け込んでいました。髪色も相まって、まるでどこかのお姫様のようでした。

「素敵なお店だね」

気に入ってくれたようで、蛍はうっとりと言いました。

クラシック音楽が結構な音量で流れていて、耳を澄まさないと、うっかり蛍の言葉を聞き逃してしまいそうで、集中しなければと思いました。

それぞれ注文をしたあと（私はメニューを指さしました）、蛍は昨日の続きを話しはじめました。

「ねえ栞。読ませてくれた小説だけど……柳沢《やなぎさわ》文学賞に応募してみたらどうかと思ったの」

柳沢文学賞は、第一線の小説家を目指す者の、登竜門的な賞です。

「あのね、柊木沢エルさんが、審査員なんだよ」

続けて蛍は言いました。

柊木沢エルが、この賞の審査員であることは前から知っていました。

「お待たせしました」

レースなど過剰な装飾のない、淡いグレー生地の上品なメイド服を着たウエイトレスさんが、私が注文したレアチーズケーキとミルクティー、蛍が注文したレモンケーキとウインナー珈琲《コーヒー》を運んできました。

(なんと……)

眼鏡の下で、私は小さな目を見開きました。

というのも――ウインナー珈琲のことを、ウインナーが入った珈琲だと勘違いしていたのです。メニューを決めながら、誰がこんなものを頼むのかと考えていると、蛍が頼んだのでびっくりしたくらいです。冷静に考えればそんな組み合わせ、あり得ないに決まっているのに。恥ずかしく感じていると、ホイップクリームが乗った珈琲を覗《のぞ》き込みながら、蛍が言いました。

「ウインナー珈琲って、ウインナーが入っているわけじゃないんだね。どんな味かと思って頼んでみたのに」

（なんと……）

自分のことを棚に上げて、ちょっと笑ってしまいそうになりました。まさか蛍も同じことを考えていたなんて。

「で、文学賞のこと……どう思う？」

ウインナー珈琲を一口飲んでから蛍は訊きました。唇には、ホイップクリームがついています。

〈自信がありません〉

テーブルにいつも持ち歩いている筆談用のノートを広げ、書きました。

フランソワのロゴが入ったティーカップを持つと、私のミルクティーにもホイップクリームが乗っていることに気が付きました。数えるほどしか喫茶店に行ったことがないのでわからないのですが、ミルクティーにホイップクリームが乗っているというのは、珍しいのではないかと思いました。

「小説に自信がないなんて、言わないでしょ？」

遠慮がちに、私は頷きました。

気に入ってもらえるかは不安だったけれど、自信がないはずは、ありませんでした。

自分でも、納得のいく作品ができたと思ったから、蛍に読ませる決心がついたのです。

「ということは、もし受賞したときに……人前にでる自信がないということ？　それなら、顔も出さない作家さんもたくさんいるよ。ねえ、絶対に応募するべきだよ。それに柊木沢エルさんが審査員なの、今年で最後らしいよ」

　小説家になりたい。

　感想が書きこまれるたび、その思いが強くなっていることは確かでした。

　でも私にはなれない。絶対になれない。なってはいけない。

　――これ以上、母に嫌われたくない。

　私は今でも、月に一度、教会に通っては神様に祈っているのです。

　以前のように、母に心から、愛されますようにと。

　そして、信じてもいました。

　時間が経てばきっとまた、すべてが元通りになると。

　だから母にだけは、小説を書いていることを、知られるわけにはいかなかったのです。

〈小説家にはなりたくないです〉

　蛍がこれほど熱心に薦めてくれているのに、心苦しいのですが、私はそう書きました。

　受賞する前から、心配することではないことはわかっています。でも――さっきは咄嗟《とっさ》に、自信がないなどと記してしまいましたが、これでも幼い頃から小説はたくさん読んできたほうです。本当は最終候補に残れるくらいの自信がありました。

そうしたら、受賞せずとも、審査員の先生方には読まれてしまいます。

それはすなわち、母に小説を書いていることを知られる運命になるということです。

なぜなら私の母は――――柊木沢エルなのですから。

「じゃあ、私が栞の代わりに、この小説を応募してもいい？」

すると蛍は言いました。

……え？

「だって、栞の素晴らしい小説を、みんなに読んでほしいんだもの」

戸惑っていると、蛍はカップの熱が移った手で、骨が浮きでた私の手を、昨日と同じように
しっかりと包みました。

――いいいい、何があっても、自分の物語をとられてはいけないよ……わかったね。

父の掠《かす》れた声が、どこかから聴こえてきました。

でも私は、蛍のその提案に、いとも簡単に頷いてしまったのです。

2007/04/09
From: yuki igarashi
Re: 星に願いを

週末になると、ママとのことを心配だと言って、蛍《ほたる》が家に遊びに来るようになった。

「蛍ちゃん、いらっしゃい。今日はね、チーズケーキを焼いて待っていたのよ。スリランカから取り寄せた、とっておきの紅茶もあるから淹《い》れるわね」

そして週に一度、蛍がやって来ることを、ママはいつしか心待ちにするようにもなっていた。

「わあ、うれしいです」

「そうだ。蛍ちゃんに提案があるんだけど……今日はよかったら、お泊りしていかない？」

「え？」

「ほら、明日は土曜日だし……。いつも帰るのが、夜遅くになるから危ないでしょう。それにね、こっちへ来て。このジェラピケっていうブランド、若い子の間で流行っているんでしょ？昨日藤井《ふじい》大丸《だいまる》で見つけてね、きっと蛍ちゃんに似合うかなって思わず買っちゃったの」

突然の提案から続く、止まらないママの話の傍《かたわ》らで、蛍は嫌な顔一つ見せず愛想よく相槌《あいづち》を打っている。

客間を片付けている姿を見て勘づいてはいたが、ママは今夜、どうしても蛍を泊めたいようだった。きっと、買ってきたパジャマを着せたくてたまらないのだろう。

「じゃあ、お言葉に甘えて……泊まっちゃおうかな。それにしても、ジェラピケなんて高くて買えないから、すごくうれしいです。もしかして、雪《ゆき》とお揃《そろ》いですか？」

「ううん。雪ちゃんは、自分のパジャマがあるから。ね」

「あ……うん」

悪気のない蛍の問いかけに、少しでも期待した自分が悪い。

うちの分まで、用意してあるはずがない。これまでも、たぶんこれからもずっと、そうなのだから。


「ねえ雪、一緒にお風呂はいろう」

夕食のあと、蛍が放ったその声が、六花《ろっか》の声と重なった。

毎夜、湯船に浸かりながら、六花はその日あったことのぜんぶを、共有するかのように詳細に話してくれた。いつだって六花の話は楽しくて、羨ましかった。

「うん」

頷《うなず》いてから、裸の付き合いになることにだんだんと緊張が募ってきた。蛍の裸を見ても、いいのだろうか。このスライムのようなぶよぶよのお腹《なか》を見せても、蛍は引かないだろうか。一抹の不安を覚えながら、バスルームへと繫《つな》がる廊下を歩いていると、蛍が訊《き》いた。

「雪の家のお風呂って、二人入れるくらいに広いの？」

「うん広いよ」

浴槽はヒノキの素材で香りがいい。三人くらいまでなら余裕で入れるくらいの大きさもある。

「へえ、すごいね。こんな豪邸に住めて、雪が羨ましいな」

――羨ましいと、蛍に言われるのはそれで二度目だった。


蛍の白い体は、今にも発光しそうなほどにきれいだった。

うちは自分の体がいかに醜いのかを思い知らされながら、脱衣所でいつもより丁寧に服を脱いだ。

かけ湯をしてから、蛍が先に湯船に入り、その後に続くと、うちがデブなせいだろう、お湯が面白いくらいあふれて、蛍はちょっと笑った。

「そういえば……何日か前ね、桜《さくら》と一緒に電車に乗っていたら、突然、桜の恋人に声をかけられたの」

それから思い出したように蛍は言った。

大川《おおかわ》のことを普段、桜と呼ばないから、一瞬それが誰かわからなかった。

「え。大川、恋人、いるん……？」

地味に――というか、かなり衝撃の事実だった。

「あ、ごめん。知らなかった？」

「うん……」

オタク同士、恋愛の話をするのは、禁忌的なところがあった。たぶん存在しない夢の世界から、いっきにリアルに引き戻される感じがして、興ざめしてしまうからなのだろう。

「どんな、人なん……？」

勝手に探るのは、大川に申し訳ないような気がして、遠慮がちに訊《たず》ねた。

「うーん。普通にイケメンだったよ」

「そう、なんや」

イケメンと大川という組み合わせは、正直うまく想像できなかった。

「でも、その人ね、私のことを桜だと思っていたの」

「え、なんで？」

「ゲームで知り合ったみたいで、写メが欲しいって言われて、私のプリ画を送ったみたい」

「マジでっ」

蛍の前ではなるべく猫をかぶっていたのに、思わず素の反応をしてしまった。

「ふふ。でもね、気にしてないよ。桜、絶対に幻滅されるから、現実で会うつもりはないって、前言っていたし、自信が持てなかったんだと思うんだ」

常識的に考えて最低だとは感じたが、蛍の言う通り、大川はバレないと思ったのだろう。自分の写メを送れなかった気持ちと、蛍になりたいという気持ちは、痛いくらいにわかった。

「蛍は、やさしいね」

「ううん、全然、やさしくないよ――。私も頭洗うね。シャンプーとか借りていい？」

言いながら蛍が、湯船から出る。いつもは制服に包まれている蛍の体は、本当に美しいのだけれど、こうしてみると薄っぺらすぎる気がして、少し心配になった。

お風呂上り、蛍はジェラピケのパジャマに身を包んだ。モコモコした生地で作られたパジャマはやわらかそうで、蛍の可愛さをより一層引き立てている。ママはその可憐《かれん》な姿を、満足そうに眺めていた。

「ねえ私、こうして誰かと眠るなんてはじめて。なんだか安心するね」

「うん」

ママの趣味でレイアウトされた客間の、天蓋付きのダブルベッドで一緒に眠ることになった。

うちの部屋は、描きかけの原稿が散らばっているし、至る箇所がオタクグッズにあふれていて、蛍じゃなく、大川であっても、部屋に招くことに抵抗しかなかったからだ。

「ねえ雪……私、このお家に住みたいな」

「え？」

「だって雪も私がいたら、もう二人分食べなくてもいいんでしょ？」

「……うん……」

押し寄せてくる負の感情の波に攫《さら》われながらも、うちはどうにか息継ぎをするように、小さく返事をした。

——蛍が家に来るようになってから、ママはご飯を二食作らなくなっていた。

二つ目のお弁当は、毎日蛍のために作っていた。その内容がだんだんと豪華になっていることは、蛍も気が付いているはずだ。

そしてうちは、もう、ふたりではなくなっていた。

価値はなくなったのだろう、ママは六花が生きていた頃と同じように、冷たくなった。

事故のあと、ママがやさしかったのは、きっとただの現実逃避だったに違いない。

いつだってママは、六花のことしか愛していなかった。

うちはただの、余分に生まれてきた肉の塊。

「でも、無理だってわかってるよ」

くるりと蛍が背を向ける。同じシャンプーを使ったはずなのに、その黄緑がかった金色の髪の毛からは、自分とは違ういい匂いがふわりと漂ってきた。

「いつでも……泊まりに来てよ。親友、なんだから……」

振り絞るように、うちは言った。

「雪と……姉妹になれたらいいのに。私ね、両親が死んでから、寂しいんだ……」

泣きだしそうな声を漏らす蛍が、どんな顔をしているのか気になった。

「……なんで、死んじゃったの……」

真夜中の力を借りて、うちは訊いた。でも蛍は眠ったのだろうか。あるいは、眠ったふりをしたのかもしれない。もう何も答えることはなかった。

2007/04/28
Re:Re: 星に願いを

日中、大雨が降ったせいだろう、湿気で寝苦しい夜だった。

寝室から、両親の会話が聞こえてきたのは、喉が渇いて、水を飲もうとキッチンへと続く螺《ら》旋《せん》階段を降りはじめてすぐだった。

「蛍ちゃんって、本当にいい子なの。美人なのに、気取らなくて。夕食も美味しそうに食べてくれてね、その様子がとても六花ちゃんに似ているの。ほら、あの子は、すごくまずそうな顔でごはんを食べるでしょう」

「量が多いんじゃないのか」

「そんなことないわ。お弁当も、こっそり蛍ちゃんに食べてもらっていたみたいだし。それに最近はもう二人分、作ってないの。どれだけ願っても、六花ちゃんが生き返ることはないと思うと、虚《むな》しくなってきて。ああ……六花ちゃんは本当に明るくていい子だったわね。それに比べて、あの子は暗くて、オタクでしょ……。漫画ばかり読んで……、変な男の子同士の漫画まで描いているのよ。気持ち悪いったらありゃしない」

「そうか、漫画が好きなのか」

「もう、ちゃんと話聞いてるの？　双子を妊娠とわかったときはね、本当に夢みたいだった。どんなに可愛いだろうって、想像してた。双子が生まれること、みんなに自慢したのよ。でも、生まれてみたら……片方だけ、可愛くないの。もちろん赤ちゃんって顔が変わるから、最初は、絶対にこの子も可愛くなるって信じていたの。なのに……そのままだった。だけど私ね、ちゃんと両方可愛がらなきゃって、頑張っていたのよ。だけど成長するにつれて確信してしまったの。あの子のことは、愛せないって。はあ……。なんであの日、六花ちゃんが事故に……」

「もう言うな」

「そうね。ごめんなさい。でも最近はね、六花ちゃんが、蛍ちゃんを連れてきてくれたのかもしれないって、思うようになったの……。あの子の存在は、こんなに苛々《いらいら》するのに、蛍ちゃんのことは、見ているだけで心が癒される……。ねえ、あなたさえ賛成してくれるなら、蛍ちゃんを、養子に迎えない……？　蛍ちゃん、ご両親が亡くなられているから、まだ高校生なのに、一人暮らしをしているのよ。すごく細いし、まともにご飯も食べられていないんじゃないかしら。私、毎日心配で……。それにね、蛍ちゃんと暮らせたら……私、また元気になれる気がするの……」


うちは結局、水を飲まずに、自分の部屋へ戻った。

夜明けが来ても、心臓はまだ弾《はじ》けそうに動いていて、眠れることはなかった。

星に願いをかけるとき
あなたがどんな人であろうと関係ない
あなたが心に願うことは何でも

叶《かな》うでしょう

カーテンから漏れる朝の光の中『星に願いを』を口ずさむ。

小さい頃から、眠れない夜はいつも、六花が起きないように、この曲をこっそり歌った。

そして夜空を見上げては「朝起きたら六花と同じ顔になっていますように」と、星に願った。

でも一向に叶わなかった。少女らしささえ失われ、日に日にブスになった。比例するように美しく育ち、私が望むものをなんでも手にいれていく六花が、羨ましくて、同じくらいに、憎かった。もう、素晴らしい六花の人生の話なんて聞きたくなかった。

だからあの日、雑貨屋のショーウインドウ内に飾られたクリスマスツリーからその曲が流れてきて、あんなに恐ろしいことを願ってしまったのだ。

——六花がいなくなってほしいと。

そして六花が死んだとき……うちは絶望しながらも、ようやく開放されたのだと思った。

心の底から六花を愛していたのに、もう劣等感を覚えずに済むと感じてしまった。

もしかしたら今度は自分が、ママに愛されるかもしれないなんて、考えてしまった。

その償いとして、うちは食べていたのだ。

2007/04/29

Re:Re:Re: 星に願いを

昨夜に続き、カタツムリの殻の中にいるみたいなじめじめした天気だった。学校が終わってすぐ、新京極《しんきょうごく》のアニメイトへ向かった。

予約していた初回特典付き漫画の受取日だった。部活は無断で休んだ。蛍が可愛がっているから、ずっと我慢していたけど、部室の隅で蠢《うごめ》くデュビアの群れが視界に入るたび、気持ち悪くて吐き気がした。デュビアと戯れる蛍の姿を見たら、ママはどう思うだろう。それでも、養子にもらいたいと言うのだろうか。

「お会計、一五五〇円になります」

何の目的もなくとも、いつも一時間以上は探索するけれど、店内に滞在する気分にはなれず、レジで予約していた漫画だけを受け取った。

アニメイトを出てから、ふらふら新京極を歩いていると、偶然なのか、必然なのか、蛍を見かけた。蛍も部活を休んだらしい。花柄のスクリーントーンの背景がよく似合いそうな笑顔で歩く蛍は、男子校のH校の生徒と腕を組んで歩いていた。学ランのよく似合う、とても格好いい、男の子だった。

蛍は可愛いというだけで、誰からも愛される。

うちはブスというだけで、誰からも愛されない。

愛に飢えた挙げ句、こんなオタクになって、親からすら、気持ち悪いと思われている。

(気持ち悪い……)

昨日の夜からずっと、その言葉が浮かび上がっては、心を破壊してくる。

わかっている。自分が気持ち悪いことくらい、わかっている。

でも――オタクになるしかなかった。

「だって……二次元以外の何が……、うちを救ってくれるん?」

誰にも聴こえないくらいに小さく呟《つぶや》くと、空気が抜けていくように体に力が入らなくなった。

涙があふれてきて、前が見えない。涙は透明なはずなのに、どうしてだろう。

しっかりと摑《つか》んでいたアニメイトの袋が、吸い込まれるみたいに地面に落ちる。

別に腐女子だから買っているんじゃない。これは、自分を励ましてくれる漫画なのだ。初回特典をわざわざ予約するくらい、新刊が発売されるのを楽しみにしていた。

でももう――、その袋を拾う気には、なれなかった。

1999/04/08
From: Sakura okawa
Re: 最悪なセーブポイント

十歳の少女だった頃から、現実での唯一の楽園は押し入れの中だけだった。その暗くて狭い空間にいると、異様に心が落ち着いた。数少ない自分のお気に入りの玩具《おもちゃ》を集めて飾ってみると、まるで秘密基地みたいになった。

そしていつしかそこが――ボクに与えられた部屋となっていた。

というか、ここしかスペースは残っていなかった。なぜなら家族で住んでいる狭くて古くてかび臭い団地の一室は、いつも本が散乱していて、足の踏み場もなかったから。

母さんと父さんは、本の虫だった。少し常軌を逸した寄生虫だったといってもいい。

ふたりは、サブカルをこじらせていたのだろう大学生の頃、鴨川《かもがわ》沿いの喫茶店で行われた、小説好きが集まる読書会というのがきっかけで出会ったのだという。純文学好きが高じてすぐに意気投合すると、村上春樹《むらかみはるき》の小説の登場人物のように、公園に散歩に行くだけのデートを繰り返した。ふたりは、世界観と感性という言葉が何よりも好きだった。いつまでも現実を、小説世界の延長のように過ごしていた。

だからなんだかゆらゆらした排他的な生活が至極だと思い込んでいた。たとえば父さんが不倫していても、母さんは不倫されている状態に酔いしれて発作的にほろりと涙を流したりする自分を楽しんでいたし、父さんも文学に触れている分、口説き文句が上手かったのかもしれないが、お金もなく冴《さ》えない容姿をしている癖に妙にモテる自分に酔いしれていた。

つまり妙な形で、ふたりは愛し合っていたのだと思う。

そんなふたりの下に生まれたボクは、少女の頃、「そろそろ、こういう素敵な本を読みはじめないと、感性のない下衆《げす》な大人になってしまうわよ」と教えられ、純文学系の小説ばかり読まされ続けた。

週に一度は指定された本を読み切って感想を言わないと、自由に遊ぶことも許されなかった。本を読むのはいつも時間がかかった。だから、遊びに誘われても行けないことが多く、次第に誘われなくなり、友達はいなくなった。気が付けばボクの声のアンチにさえなっていた。

それにしたって、ハリーポッターのようなファンタジー小説ならまだしも、まだ人生の酸いも甘いも知らない十歳の少女にとって、純文学小説というのは苦痛でしかなかった。大半は意味がわからなかったし、無駄にエロい知識ばかりが脳内にインプットされるだけだった。唯一、柊木沢《ひいらぎざわ》エルという作家の小説だけは面白かったが、両親的には稚拙らしい。話題になっているから買っただけだと。

とにかくだ。ボクは感性より、友達が欲しかった。

世界観ならポケモンにだってある。

だけど永遠にバイトリーダーの父さんの安月給では本を買うのと暮らすのに精いっぱいだったのだろう、ボクが欲しがったものはみんな、「将来のためにならないし、ゲームなんて下らないわ」と却下された。

唯一買ってもらえたのが「魔法少女サクリ」の魔法のステッキだった。

漫画を超えた文学的な作品だからとかいう、訳のわからない理由だった。

しかし、発端はどうであれ、あの誕生日は間違いなく、人生最良の日だった。

はじめて手にしたピンク色に輝くアイテムがうれしくて、ボクは毎晩ステッキを抱きしめて眠った。机の上に飾ってある猫のマスコットが突然喋《しゃべ》り出し、魔法少女としてスカウトしてくれると、信じて止まなかった。

2007/04/08
From: Sakura okawa
Re:Re: 最悪なセーブポイント

だが魔法少女にはなれないまま――、気が付けばサクリの年齢を通り越し、ボクは今日十八歳になった。

「桜《さくら》、帰ろう」

「はい」

三年生に上がると、蛍《ほたる》とはクラスが一緒になったことで、部活が無い日は、自然とふたりで下校する流れが発生していた。

電車の窓から、桜がはらはらと舞っているのが見える。この間、雪が降っていたと思ったのに、もう春だ。少女の頃に比べて、一日が過ぎるのが、だんだんと速くなっている気がする。十年後は一日が一秒みたいな感じで、過ぎ去っていくのかもしれない。

ふと、人生もセーブポイントが作れたらいいのにと思ったが、ロードしたいポイントなど、どこにもないのだから、ボクの人生はクソゲーとでも呼ばれるような、下らない人生なのだろう。自分でも嫌というほど感じている。下らないというか、ほとんど最低な人生だと。

そしてその最低な人生に、さらに過去最悪なセーブポイントが生成されたのは、次の瞬間だった。

「もしかして、ナデシコ……さん、ですか？」

聞き覚えのある声。

――今、目の前のイケメンは、ナデシコ、と言った。

その名前を呼ぶのは、世界でただ一人しか考えられない。

そしてイケメン――高い確率でリイ君であろう人物がナデシコと呼びかけた相手は、当然ながらボクではなく蛍だった。

「えっと……人違いじゃないですか？」

気味の悪いナンパだと思ったのだろう、蛍は眉を顰《ひそ》め、迷惑そうに言った。

こうして蛍が、他校の男子に絡まれることは本当によくあった。

そうだ。ただのナンパとして、受け流してくれればいい。

震えはじめた指先をスカートの上で絡ませながら、心の底からそう願った。

「え……でも毎日、魔法世界《マジカルワールド》で会っていますよね。だって俺たち、コイビト……でしょ？」

だが叶《かな》わなかった。

「こいびと……まじかる、わーるど？」

耳の奥で爆発音がして、ゲームオーバーという単語が、脳裏に浮かび上がった。

蛍は、ボクが魔法世界をプレイしていることも、コイビトがいることも知っている。

もう、気が付いたはずだった。

ああ、そうだ。ロードしたいポイントが唯一あった。

バレンタインデーの、写メを送る前だ。

蛍は長い睫毛《まつげ》の生えた大きな目で、睨《にら》むようにこちらを見ている。

そのときタイミングを見計らってくれたように電車が次の駅へ着いた。プシューと空気が抜けたような音と共に扉が開く。

降りるべき駅ではなかったけれど、ボクは咄嗟《とっさ》に蛍の手を摑《つか》んで、逃げるようにホームへと降りた。

「ねえ桜、どういうことなのか説明して？」

自然が作りだしたとは思えない淡く美しいピンク色の桜が舞うホームで、蛍はボクの手を強く振り払い、迫った。

当然だが、かなり怒っている様子だった。

今この瞬間、何者かによって世界が闇に包まれることを願いながら、ボクはぎゅっと目を瞑《つぶ》った。でも、この世に魔法なんてないし、真夜中の押し入れの中じゃないと、完全な暗闇は作れない。

「蛍、ごめんなさい……。まさか、コイビトがこんな近くに住んでいるなんて思わなくて……、会うつもりもなくて……。バレンタインの日、リイ君に、写メが欲しいって言われて……ボク、つい、蛍の写真を送ってしまいました……。ごめん、ごめんなさい」

下手ないい訳はできないし、しないほうがいい。子兎《こうさぎ》のように体を震わせながら、もうすべてを告白するしかなかった。

さっきリイ君は、二駅隣のH校の制服を着ていた。学生だということはわかっていたが、まさかこんなに近くに住んでいるなんて、想像してもなかった。偶然会うなんて、そんなの天文学的な確率だろうと高を括《くく》っていた。

「…………そう」

数十秒間の沈黙のあと、蛍は小さく呟《つぶや》き、呆《あき》れたように怒りの溜《た》め息をついた。

絶交されるに決まっている。いや、もっと酷《ひど》いことをされても文句は言えない。

だって、せっかく一緒に撮ってくれたプリクラを悪用した上に、こんな状況になってもなお、ボクは、リイ君との関係が終わらないことだけを祈っていた。

ノイズのような街の喧騒《けんそう》だけが遠くから聞こえる。

しばらくの沈黙のあと、蛍は静かにこう訊《き》いた。

「…………嫌われたくなかったの？」

ボクはゆっくりと頷《うなず》いた。

「……はあ」

蛍は駅の錆《さ》びたベンチに腰掛け、もう一度、気持ちを落ち着かせるみたいに溜め息をついた。

「じゃあ今…………リイ君、だっけ。こんなふうに逃げだしたりして不自然に思っているんじゃない？」

「……え？」

思ってもみない、問いかけだった。

だがこの腐った脳味噌では、蛍がどうして、リイ君の心配をしてくれるのか、ぜんぜん理解できなかった。

なぜもっと——ボクのしたことを追い詰めないのかも。

「もしよかったらだけど、私が桜……じゃなくてナデシコ？　のふりを、してあげようか？」

そして、どうしてこんな提案をしてくれるのかも——まったく、意味がわからなかった。

こんな至上最低な嘘《うそ》に巻き込まれ、その上協力してくれるなんて、頭がおかしいのではないのか。

いくら蛍が天使だとしても、あり得ないと思った。

「あ。……でも、声でバレるかな？　桜って、声優さんみたいな声だもんね」

それはボクにとって、人生を左右するくらいの、衝撃的な発言だった。

驚きのあまり、何も話せないでいると、蛍はもう怒ってないよと言わんばかりに、ボクの地味なパーツが組み合わさった顔を見て笑いかけた。

なぜ、責めないのだろう。

どうして、やさしくするのだろう。

プリクラを勝手に送ったボクが――蛍のことを親友なんて感じていないことも、蛍ならもう、わかったはずなのに。

「……蛍、も、結構アニメ声だから……大丈夫……だと、思います」

依然として戸惑いながらも、電波の悪い状態で話しているみたいに、ボクは途切れ途切れに答えた。

「え、嘘。私ってアニメ声かな？」

蛍は、クソみたいなボクの反応を責めることなく、通常通りに問いかける。

「……はい。でも、ボクとは違って……もっと透き通った声、ですかね」

その清楚な声は、蛍のかわいさに、とてもつりあっている。

「そう。じゃあ、喋り方さえ真似すれば大丈夫そうだね」

それから蛍は、不自然なほど、完璧に笑った。


真夜中、リイ君から電話がかかってくると、ボクはすぐに応答ボタンを押して、ケータイを耳に押し当てた。

「ナデシコちゃん、こんばんは」

小さなスピーカーが伝えるリイ君の声は、心なしか、いつもより甘いような気がして、思わず、苦虫を嚙《か》み潰したような顔を浮かべてしまった。

「こんばんはです」

けれど、不穏な気持ちを隠して負けじと甘い声を出した。本当は、土砂降りの雨が降り出しそうな雲が、心を覆っていた。

「それにしてもさ、まさか近くの学校だったなんて、びっくりしたね」

「はい、こんなことがあるなんて驚きです。もしかしたらだけど……前からボクたち、すれ違ったりしていたりして」

「いや、H高には今年入学したんだ」

「じゃあ、二個下なんですね」

「ナデシコちゃんのほうがお姉さんなんて、ちょっと不思議な気持ちだな」

「ふふふ、確かに。でも、会ったんですね……ボクたち」

「会ったんだよ……俺たち」

そう。

あれからボクたちは、改めて会ったのだ。

〈さっき、びっくりして緊張のあまり逃げちゃいました……。ちゃんと会いたいです〉

〈こっちも突然、声かけてごめん。今から三条《さんじょう》のスタバに行くから、来られる？〉

言うまでもなく、ナデシコとしてスタバへ行ってくれたのは蛍だった。

ボクはその様子を、離れた席から見守っていた。

本物のリイ君は、遠くから見ても写真以上にイケメンで、乙女ゲームで例えるなら確実に王子キャラだった。

二人が何を話していたのか、聞き取れなかったけれど、リイ君は終始、楽しそうだった。

蛍の美しい顔を、蕩《とろ》けた目で、ずっと見つめていた。

2007/05/11
Re:Re:Re: 最悪なセーブポイント

このところ、部室にいるのは決まって、ボクと蛍と猫井《ねこい》の三人だ。

五月に入ってから、五十嵐《いがらし》がぴたりと部活に来なくなった。教室を通りがかったとき、どこを見るわけでもない虚《うつ》ろな横顔が、廊下から見えた。どうしたのか、何かあったのか、心配だった。でもボクと五十嵐はただのオタク仲間であり、たぶん友達じゃない。反対にボクが部活に来なくなっても、五十嵐は何も訊《たず》ねてこないだろう。

だからただ、五十嵐が部活に来なくなった事実を、受け止める他なかった。

「へえ、これがナデシコなんだ。本当に、私に似ているね」

魔法世界にログインして、自分のキャラクター・ナデシコを見せると、蛍は物珍しそうにしていた。

「恋人は？」

ボクはナデシコの周りをぐるぐると走り回っている王子様風のキャラクターを、指さした。

「へえ……なんか、現実そのままって感じなんだね。これって、リイ君もログインしているってこと？」

「はい。放課後はいつも、学校のコンピュータ室でプレイしているみたいです」

「そっか。やっぱり彼も、ゲームが好きなんだね」

蛍は興味深そうに、ゲーム画面を覗《のぞ》いている。

「蛍は……ゲームとかしないのですか」

蛍がオタクではないことをわかりながらも、訊いた。

「しない」

返ってきたのは、心がぞわぞわとする酷く冷たい声色だった。

同時に、体もぞわぞわとして、何か腕に違和感が上ってくるのを感じた。

「ぎゃ！」

正体を確認する前から、悲鳴をあげていた。それが何かは見なくてもわかる。

「あ、ごめん。一匹脱走したみたい。どうやって上ってきたんだろう」

ボクが乱暴に振り払ったそれを、蛍は素手で掴み、「ごめんね」と言いながら、やさしくケースに戻した。ナウシカみたいと言えば聞こえはいいのかもしれないけれど、こんなに気持ち悪い生物に触れられるなんて、未だに信じられない。だってどう見ても、ゴキブリとしか思えない。

「よく、平気ですね……」

這《は》った痕が、アレルギー反応なのか、赤くなってきた。

「なんで？　こんなに可愛いのに」

蛍が美しく笑う。

途端に、怖気《おぞけ》が背筋に走った。

出会った日から、ボクのような底辺に近寄ってくることに、拭えない違和感を覚えていた。

そして最悪なセーブポイントが生成された日、不自然なほど完璧な笑顔を向けられたときに、それは決定的な感情になった。

だからボクは今、顕著にこう感じるのだろう。

蛍が……――こわいと。

最近、五十嵐が部室へ来なくなったのも、蛍に対して何か思うことがあったのではないかと勘繰ってしまう。

あれから蛍は何度も、ナデシコのふりをして、リイ君と会ってくれた。

そして今日も部活終わりに、二人は会う約束をしている。

場所はいつも、三条大橋を渡ったところにあるスタバの地下席で、そこからは鴨川が見渡せる。

リイ君は決まってほうじ茶ラテを頼み、蛍はキャラメルフラペチーノを頼む。親密そうに話す二人を、ボクはココアを飲みながら、ただ監視員のように眺めているだけ（なのにスタバの飲み物は、おこづかいの少ないボクにとって、バカにならない値段だ）。


「ねえ。そろそろ、打ち明けなくて大丈夫なの？」

リイ君と別れたあと、いつものように三条大橋の下で合流した蛍が訊いた。

蛍はいったい、何を考えているのだろう。

今更打ち明けるなんて、もう無理に決まっているじゃないか。

「それなんですけど……。もう、無理してリイ君と会わなくて大丈夫です。蛍に迷惑をかけて……ほんとうにごめんなさい」

こういう状況を招いてしまったのは、紛れもない自分自身の心の歪《ゆが》みが原因ではある。

だけどボクはもうこれ以上、リイ君が自分ではない蛍へ恋に落ちていくのが耐えられずに、そんなふうに遠まわしに断った。

「でも……、次も誘われているから。それに、桜のためにも断らないほうがいいと思うの。きっとリイ君は、桜がナデシコだと知っても、受け止めてくれると思うよ。だって、ゲームの中で、桜の中身を好きになったんだから」

しかし蛍はそう答え、やんわりとボクの願いを拒否すると、はじめて生物部に現れた日のように、ニコニコと微笑んだ。

「あーあ。桜には、素敵な恋人がいて羨ましいなあ。私にもいつか、できるのかな」

夕陽《ゆうひ》が映り込む鴨川の水面《みなも》に向かい、蛍がぽつりと呟く。

「蛍なら、選びたい放題……ですよ」

どうにか軽妙に答えながらも、心臓がばくばくと鳴りはじめているのがわかった。

やっぱり、そうだ。

そうなのだ。

あの日——蛍がどうしてボクを追い詰めなかったのか、不思議で仕方なかった。

ナデシコのふりをすると提案したときから、おかしいと思っていた。

二人が約束するたびに、ずっと感じていた。
蛍はボクから……リイ君のことを奪うつもりなのだと。

non title

二〇〇七年六月十一日の翌朝。

急遽《きゅうきょ》、全校集会が行われたのは、七瀬蛍《ななせほたる》の死亡を伝えるためだった。

黙祷《もくとう》をしたけど、どんなふうに悲しめばいいのか、私にはわからなかった。


天涯孤独であった蛍のお葬式は、行われなかった。

線路の上、急行列車に引き裂かれ、肉片となった体が集められ、ただ燃やされて灰になった。

蛍の墓は、世界の果てまで探しても、どこにもない。


そして私は十数年が経《た》った今も——

あの日、蛍を殺してしまったことを、後悔している。

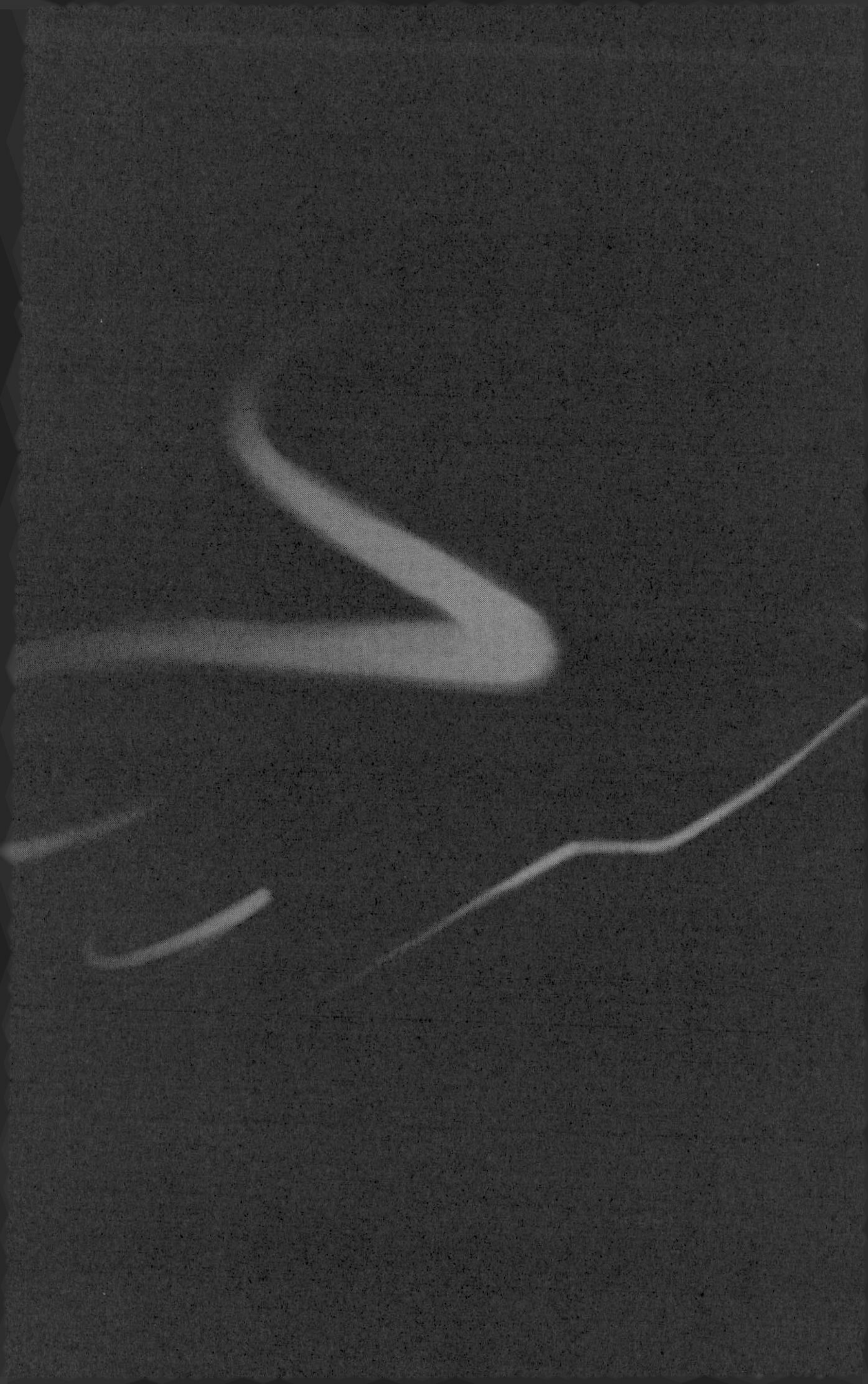

Sub：永遠の親友へ

2020/12/23
From: yuki igarashi
Re: #Paris

窓の隅で、光の泡が弾《はじ》けるかのようにエッフェル塔が輝きはじめる。

日没後、毎時零分から五分間だけの演出、シャンパンフラッシュだ。

罪を犯したあの日からずっと、死なければいけないと感じているのに、この五分間だけは、ほんの少し死ぬのがこわくなる。この醜い命が惜しくなる。

あまりにも美しいものを見たとき、人の心はそれだけで幸福になってしまう。

でもそれが、ただの虚《むな》しい延命措置であり、不幸のはじまりでしかないということも、私はもう知っていた。

パリに越して来たのは、一年前の冬。

家賃が高いだけあり、備え付けの家具は洗練されている。

建物の古さは否めないけれど、いい部屋だ。でも本当は、どんなに汚い部屋だってよかった。

ただ、窓からエッフェル塔が見えること、という条件だけは譲れなかった。

スマホを取り出し、シャンパンフラッシュの動画を撮影する。
#paris #latoureiffel #life

ハッシュタグ以外の余計な文章は付けず、その動画をInstagramに投稿すると、すぐにいいねが二件ついた。一件は知らない人で、一件は元同僚からだった。

さらに画面をスライドさせると、タイムラインには、ケチャップを口につけながらオムライスを食べている、可愛らしい子供の写真が上がってくる。

投稿者は、同級生だった大川桜《おおかわさくら》だ。大川と私は、同じ生物部に入っていて、俗にいうオタク仲間というやつだった。お互い教室では背景として過ごしていても、部室に行けば大川が私の話に笑ってくれたし、私も大川の話に笑った。思い返せば、あれは唯一、自分らしくいられた時間だったのかもしれない。

でもあの事件以来、大川とはほとんど話さなくなり、卒業してからは、その存在すら思いださなくなっていた。だからアドレスを交換したのに、メールを送りあうことは一度もなかった。そもそも今は皆、LINEで連絡を取り合う時代だ。

それに私はもう高校時代のことを、思いだしたくなかった。

なのに、ふたたび関係が繋《つな》がったのは、丁度パリに越した日のことだった。

パリの情報を調べようとInstagramに登録した際、スマホの連絡帳と連携させてしまったらしい。フォローを外しておけば、見なかったことにもできたのだと思う。

〈久しぶり。フォローを外してる？〉

けれど大川からは、何事もなかったかのようにフォローの返しと、ダイレクト《D》メッセージ《M》が来たのだ。

アカウントページに飛ぶと大川のタイムラインは、三歳くらいの子供の写真で埋め尽くされていた。その可愛らしい女の子は、なんだか小さい頃の六花に似ていると思った。

〈久しぶり。元気にしてるよ。大川、結婚したんだね〉

元気ではなかったけど、わざわざ元気じゃないと書く元気もなかった。

〈うん。五十嵐《いがらし》はもしかしたら、パリに住んでるの？〉

〈そう、仕事でだけど〉

つい、嘘《うそ》をついた。

〈仕事でパリとかすごいね〉

〈全然。それより大川の子供、可愛いね〉

〈ありがとう。子供、本当に可愛いよ。世界が変わった感じ〉

高校時代とは喋《しゃべ》り方が違うせいだろうか、あんなに独特だった大川の声がうまく思い出せない。でも私ももう、あの頃の自分を再現することはできない。何も変われなかった気がするのに、あれから十数年が経《た》った今、自分でも知らないうちに、何かが変化しているのだろう。でも何が変わったのかはわからないけど。

〈でも、ゲームばっかりしてた大川が母親になっているなんて、なんか想像できひんわ〉

とりあえず、この微妙な距離感を埋めようと、私は少しふざけながら関西弁を使ってみた。

〈あんなに腐っていた五十嵐が、パリにいるのもな〉

すると大川も、それに合わせた。

〈確かにそやなw　オタクとパリって豚に真珠みたいな感じやもんな〉

〈そこまでは言ってないw　だけど、五十嵐が元気そうでよかった〉

〈うん、大川も。私、密《ひそ》かに、どうしてるのか、気にしてたから〉

無理に思いださなかっただけで、心のどこかで気にしていたのは、たぶん嘘じゃなかった。

そういえば昔は、自分のことを「うち」と称していたのに、いつの間にか「私」に変わっている。

〈私も、密かに気にしてた。だから連絡取れて、よかった〉

それは大川も同じらしい。もしかしたら、自分のことを「私」と呼べるようになることが、大人になることへのチケットなのかもしれない。

〈うん、ありがとう。じゃあ、子育て、頑張ってな！〉

〈こちらこそ、ありがとう。五十嵐も、仕事頑張って！〉

なんだか少しだけ、女子高生だった頃に戻れた感じがして、うれしかった。

でもそれ以降は、特別話すことがないこともあって、どちらからもメッセージを送ることはなく、自然といいねを押し合うだけに留《とど》まった。

私は毎日、流れ作業をこなすように、大川の幸せそうな投稿に対して、いいねを押した。本当はいいねなんて思ったことは、一度もなかった。だって、大川が子供の写真をあげるたび、苦しくなった。死にたくなるくらいに、羨ましかった。

自分と同じオタクだったはずの大川には、結婚を決めるくらいに愛する人がいて、愛してくれる人がいて——その結晶もいるなんて、自分の孤独な人生とは違いすぎた。

私はその気持ちを掻《か》き消すように、パリの街へ繰り出した。

映えるスポットを見つけては写真を撮り、アプリのフィルターでいい感じに加工して、覚えたてのフランス語をタグ付けし、オタクだった自分はもういないのだと主張するみたいに、格好つけた投稿をした。

タイムライン上だけでは、自分も、大川と同じくらい幸せなのだと主張したかった。

でも、はっきり言ってその行為は虚しいだけだった。

だって私は全然、幸せじゃなかった。

御伽噺《おとぎばなし》のお姫様とは正反対に、いつまでも、どこまでも、不幸だった。

パリに来るまで、私は部屋に引き籠っていた。

ずっとという訳ではなく、四年前までは東京の出版社に勤めていた。

高校を卒業後、本当は進学校へ通うはずだったくらいに勉強はできたから、私はあの偏差値の低い女子高からは珍しく、京都では名の知れた私立大学へ入学した。だから就活のとき、こんな容姿でも、エントリーシートの段階で落とされることはあまりなかった。でも面接になると必ず落とされた。うまく話せなかったし、私には、誇れることも、情熱も、何もなかった。入社試験を受けた会社でどうしても働きたいという理由もなかった。

私はずっと――、ただ生きるために、生きているだけの状態だった。

そんな状況で、もう普通の人生みたいなものを諦めかけていたのに、大手の出版社に就職できたのは、パパのおかげだった。

「雪《ゆき》は、漫画が好きだっただろう。話は通っているから、頑張ってみなさい」

と、パパは突然、私の肩を叩《たた》いて言った。それはいわゆる、コネ入社だった。

そんなことをしてくれたのは、きっと、ママから酷《ひど》い扱いを受けていた私を見て見ぬふりし続けていたことに、償いの気持ちがあったのだと思う。

パパは、東京での家賃も生活費もぜんぶ、払ってくれた。

私は、パパの力により京都から出荷されたのだ。

入社した出版社で配属されたのは、発行部数の少ないシニア向け雑誌の編集部だった。憧れの漫画編集ではなかったけど、仕事は楽しかった。誰からも愛されなくても、こうして仕事を任されているうちは、生きていることを許されるような感じがした。

露骨にグループにわかれる学生時代とは違い、同僚はみんな、大人で、やさしかった。容姿で区別されることもなく、普通に飲み会にも誘ってもらえたし、人数合わせだとしても、合コンにも呼ばれたこともある。

「五十嵐雪ちゃん、可愛いでしょ〜。うちの会社のマスコット的存在なの」

あの時、幹事だった同僚はそう言って私のことを紹介した。

自分がそんなふうに思われているなんて、知らなかった。

思わず顔がほころんでしまうくらいに、うれしかった。

社会に出て、私はようやく、人並みの人生を歩きだせたのだと思った。

こういう普通に、ずっと憧れていた。

「――ねえ、五十嵐さんって、なんでウチの会社入れたんだろうね。センスもないし、愛嬌《あいきょう》があるわけでもないし。なんか見てると、いらつくっていうか」

「知らないの？　コネだよ。営業のユキト君から訊《き》いたんだけど、社長と五十嵐さんの親が、中学からの同級生で、めっちゃ仲いいんだって」

「マジ？　でも絶対そうだと思ってたわ。無能な癖に、コネ入社とか、いい迷惑だよね」

「まあでも、五十嵐さんと仲良くしとけば、社長からの評価上がるかもだし」

「確かに社長、五十嵐さんになんか甘いよね」

「それにさ、五十嵐さんみたいな、言ったら悪いけどブスで、可哀想な人が一人いたほうが、安心しない？」

「わかる。それに合コンでも、引き立て役になってくれるしね。五十嵐さんの隣に座ると、それだけで小顔効果」

「あはは、マジで顔でかいもんね。着ぐるみのマスコット並み」

お手洗いで、女子社員たちがそんな会話をしているのを聞いたのは、入社してから二年目の冬だった。

それも、三日ぶりの便秘がようやく解消されそうで、トイレの中に籠っていた最中だった。だけだがすべての力は抜けていき、出したかったものは、もう出て来ないだろうと悟った。

ど私はしばらく下着を下げたまま、温かい便座に座り続けた。仕事に支障がでるとわかっていても、立ち上がる気力はなかった。

個室の中、二十分くらいだろうか、放心しながら、ただ無意味に乙姫《おとひめ》だけを流し続けた。するとと、悪魔みたいな乾いた笑いが喉からこみ上げてきた。

泣くこともできず、笑うしかなかったのだと思う。

私は結局——一二〇センチのルーズソックスを履いたギャルから遊ぶ金をかつあげされていた頃と、何も変わっていなかった。

パパのおかげでいじめられないだけの、醜いデブだった。


その日以降も、毒を吐いていた女子社員は、表面上は変わらずやさしかったし、聞かなかったことにすれば、再び憧れていた普通の人生を送れたはずだった。

きっと社会では、こんなの、よくあることだ。ドラマでも見たことがある。

それに自分のような無能が、きらきらした同僚たちに、利用してもらえるだけでもきっと、有難いくらいに思わなきゃいけない。頭ではわかっている。

「ねえ五十嵐さん、今日合コンあるけど、来ませんかー?」

「あ、……えっと」

「え、なんか用事あるんですか？　もうすぐクリスマスだし、一緒に彼氏作りましょうよー」

「はい……、そうですね」

誘われるだけでうれしかったはずの合コンが、苦行と化していく。

私はただの、引き立て役のマスコット。だけど本当は最初から、わかっていたのだと思う。男性陣だって、私のことを女には数えていないこと。自己紹介では笑顔を向けてくれるけど、会話がはじまると、誰も話しかけてこない。見てもいない。興味もない。みんな大人だから、同じようにサラダを取り分けてくれて、グラスが空けば何を飲むか訊いてくれて、その場にいる私を、無下にしないだけだった。

「五十嵐さん、大丈夫ですか？　飲み過ぎました？　先に帰っても大丈夫ですよ。今日のメンバー、ちょっと外れですよね」

「あ、うん」

やさしさを向けられるたびに、その裏側にある言葉を読んでしまうようになった。

会社にいるときも、本当は全員が、私を毛嫌いしているのではないかという考えが消えなくなった。

そして入社四年目の、とびきり天気のよかった、クリスマスの日の朝。

最寄り駅の中目黒《なかめぐろ》のホームに立ったまま――私の体はもう、会社に向かう電車に乗ることはできなかった。

「パパ、ごめん。もう会社に行けないや。行きたくないんだ」

電車を何本か見送ったあとで、目黒川沿いを歩きながら電話をすると、パパは「そうか」とだけ言った。

私は自力で内定ももらえなければ、自分では会社を辞める勇気すらない、飛べない豚だった。


それから私は、ますます自分という存在に絶望して、部屋に籠るようになった。

一日中アニメを見たり、漫画を読んだりして過ごした。

料理をするのも面倒で、コンビニへ行っては、食料を好きなだけ買った。好きなものを好きなだけ食べた。その結果、私は『千と千尋《ちひろ》の神隠し』の千尋の両親みたいに、人間ではない巨大な豚になったのだ。

最初のうちは、人間界の何のしがらみもなくなり、二次元の世界に浸り、楽しかった。二次元だけは、私を傷つけなかった。

でも一年が経ち、二年が経ち、部屋の中、誰と会うこともなくなって、三年目にはもう何も感じられなくなっていた。歳《とし》をとってしまったのだろうか。それとも、あれだけ行きたいと願っていた二次元だけが、今や私の現実になってしまったからだろうか。二次元の世界はもう、私を癒してはくれなかった。
パリに移住したのは――、死ぬ前にもう一度、何かを感じたかったからなのかもしれない。

「さむ……」

五分間のシャンパンフラッシュが終わったあと、備え付けのクローゼットに忘れられていた赤いコートを羽織って、部屋を出た。

Christian Louboutinのパンプスで、一段ずつ階段を降りていく。深夜に放送していた海外ドラマにハマり、憧れて、ネットで衝動買いをしたものの、似合わなさ過ぎて、今日まで一度も履いたことがなかった。

私の部屋は四階だがエレベーターはない。パリの建物はどこも古い。新しいものよりも古いものを受け継ぐのが美徳とされている。

次の二十三時のシャンパンフラッシュをもっと近くで見るために、エッフェル塔に向かい、歩いていく。

――なあ雪、大人になったら、ふたりで遠い国で暮らしたいな。

毎日のように耳元で蘇《よみがえ》るその声は、いつまでも少女のままだ。

神様はどうして私だけ、醜く作ったのだろう。

母の胎内にいたとき……、六花《ろっか》と私の中身は、一緒だったのだろうか。

醜く生まれたせいで、私は中身まで、こんなに醜くなったのだろうか。


履きなれない靴が痛くて、立ち止まる。

「うあああああ」

氷点下の冷たい空気で凍《い》てついた地面に蹲《うずくま》り、気が付けば私は、あの時、六花の命を奪ってしまった青年のように、怪獣みたいに大きな声を出して、泣いていた。

靴擦《くつず》れが痛かったわけじゃない。

もう何もかもが、限界だった。

「Pourquoi tu pleures ?《どうしてないているの?》」

通りすがった美しく背の高いパリジェンヌが、問いかけながら手を差し伸べてくれる。

「Parce que ma chère est morte.《大切な人を死なせてしまったから》」

パリの街には、平たい雪が降りはじめた。

2007/06/11
From: yuki igarashi

Re: 蛍《ほたる》の誕生日会

「ただいま」

あの日、夕方からうちへ泊まりにきた蛍は、そんなふうに挨拶をした。

先月、ゴールデンウイークの最中も、蛍はずっと家に泊まっていて、すっかり家族の一員のように、ママが扱っていたからなのだろう。

「おかえりなさい、蛍ちゃん」

ママはいつも以上に満面の笑みで蛍を迎えた。今日は朝から、ケーキを焼いたり、部屋を飾り付けたり、忙《せわ》しなく動いていた。

――だって六月十一日は、蛍の誕生日だったから。

「今日のためにね、お洋服を用意したのよ」

興奮気味にママがクローゼットから取り出してきたのは、膝丈の華やかなミニドレスだった。見るからに高価そうなドレスは、黒色の艶のある上品な生地であつらえられていて、バルーン型のスカートには、繊細なレースが重ね合わせて縫いつけられていた。

「パリのオートクチュールに頼んで作ってもらったのよ。素晴らしいでしょう」

感動したのか、蛍は珍しく言葉を失っていた。

「さあ蛍ちゃん、さっそく着替えに行きましょう」

腕を摑《つか》まれ、連行されるように蛍は母のメイクルームへと連れられていく。

そして、ドレスに着替えて戻ってきた蛍を見て、うちは漫画みたいに持ち上げたばかりのティースプーンをテーブルに落とした。あまりの美しさに、息を吞《の》んでしまった。

「……雪、どう？　似合ってる？」

恥ずかしそうに、蛍が問いかける。

「似合ってる……とても。天使みたい」

心の底から、言った。蛍の顔には、ほんのりとメイクが施されている。でもそれは、作られた美しさなんかじゃなかった。ただの、生まれ持った計り知れない美しさだった。

「天使みたいって、大げさだよ」

「ううん、蛍ちゃん。本当に天使みたいよ」

ママもうっとりと言った。


それから夕食のメイン料理として出てきた、材料を北海道から取り寄せたというウニグラタンは、舌がとろけそうなくらいに美味しかった。

「どう、蛍ちゃん、美味しい？」

「うん、すごく美味しい」

ママともすっかり仲良くなって、蛍はいつしか敬語を使わなくなっている。まるで昔からこの家に住んでいるみたいに、蛍はこの場所に馴染《なじ》んでいた。

なんだか自分のほうがよその子みたい。そう思った瞬間、リビングの壁に備え付けてある最高級スピーカーから、ジャズ風にアレンジされたバースデーソングが流れはじめた。

嗚呼《ああ》、ついに――第二の悪夢がはじまるのだ。

「ちょっと、待っていてね」

浮き浮きしながら、ママは立ち上がり、キッチンへ向かった。

しばらくしてワゴンに乗せられ運ばれてきた大きな苺《いちご》のタルトは、透明なゼラチンでコーティングされ、誕生日ケーキにふさわしい輝きを放っていた。

ケーキの上には黄緑色の蠟燭《ろうそく》が十八本差されていて、もうすべてに火が灯《とも》っている。

「雪《ゆき》ちゃん、お部屋の電気を消してくれる？」

立ち上がり、うちは命じられた通りにした。

「蛍ちゃん、お誕生日おめでとう。さあ、立ち上がって、蠟燭を吹き消して」

「うん」

淡いピンク色のリップがつやめく、やわらかそうな唇がすぼめられ、放たれた甘い息が、f分の1のゆらぎをもってゆらめく小さな火を吹き消す。

そして、部屋が暗闇に包まれた次の刹那のことだった。

蛍の体を包んでいるミニドレスのスカートのレース部分が、発光した。

「わあ……」

幻想的な光景に、思わず声が漏れた。

光っていることを確かめるように、蛍が腰をくねらせてスカートを揺らす。

「ふふ。驚いた？　実はそのドレスね……蛍をイメージして作ってもらったの。蛍って、暗闇の中で光るでしょう」

ママは誇らしげに口角を上げる。

「……私、なんて言っていいか……」

「何も言わなくて、いいのよ。ねえ、蛍ちゃん、ちょっと話があるの……」

依然として、部屋は暗闇に包まれている。

蛍のドレスだけが発光する中、予想通りママは、あの話を切り出そうとしていた。

「うん」

「あのね、蛍ちゃんさえ、よかったらなんだけどね……養子縁組をして……あなたを、この家に引き取れたらなって、思っているの……」

ママは――、うちの好物を知っているだろうか。

「え……？」

　ママは――、うちの何を知っているのだろう。

「ほら……六花《ろっか》ちゃんが亡くなってから、家族みんな辛《つら》い思いをしていたでしょう。だから、蛍ちゃんが本当の家族になってくれたら、また幸せに過ごせるんじゃないかって、ずっと思っていたの……」

　同じ日に生まれた六花のついでではなく、うちはママに――誕生日を祝ってもらったことが一度でもあっただろうか。

「雪……どうしよう。私たち、本当の姉妹になれるの……？　夢みたい」

　蛍はきっと、泣いていた。

　明けることのない暗闇の中で、うちも泣いていた。

「嫌や……」

　だって――嫌だった。

「蛍と姉妹になるなんて……絶対に嫌や」

　――嫌に、決まっていた。

「お願い……蛍……もう帰って……もう二度と、家にこんといて……」

　いつからだろう。いつからこんなふうに思うようになったのだろう。

もしかしたら、最初に家に来た、あの時からだったのかもしれない。

うちは心底、蛍が憎らしかった。

美しいというだけで、血も繋《つな》がっていないのに、ママから愛される蛍が、憎らしかった。

「何を言っているの？　蛍ちゃんに、謝りなさい」

「……なんでうちが、謝らないとあかんの……？」

「雪ちゃんは……、蛍ちゃんが可哀想だと思わないの……？」

それは六花が死んでから、何度も何度も、傷みで心に穴が空くくらい、聞かされた言葉だった。

「じゃあ、うちのことは……可哀想だと思わへんの……？」

暗闇に耐えられなくなったのか、うちに苛立《いらだ》ったのか、電気をつけてから、ママは絶望したように、大きな溜《た》め息をついた。

「雪ちゃん……あなたって本当に、心まで腐っているのね……」

——そうか。

うちは、心が、腐っているのか。

なぜだか不思議なくらい、腑《ふ》に落ちた。

「あの、私……なんだかいないほうがいいみたいだから今日はもう、帰るね。ごちそうさまでした」

「え⁉　蛍ちゃん――ちょっと待って。雪ちゃんが余計なこと言って、ごめんね。お願いだから一緒にケーキだけでも食べましょう」

親子喧嘩がはじまって気まずかったのだろうか、それとも巻き込まれるのが面倒だったのかもしれない。

蛍はミニドレスを着たまま、必死にケーキを差し出すママの姿を、振り返りもせずに家を出ていった。

蛍が去り、放心状態になったママは、苺のタルトを皿ごと、床に落とした。

パリン、と甲高い音が鳴り響いた。崩れたケーキから飛び散ったイチゴの果実は、まるで血肉のように見えた。


そして蛍が、ドレス姿のまま、皮肉にもその飛び散ったケーキのように肉の破片になり果てたのは、その数時間後のことだった。

現場に残っていたケータイに表示されていた未送信だったというメールは「永遠の親友へ」とかいう、タイトルだったと聞いた。

内容は「私を殺してくれてありがとう」。

きっとうちに向けて、最後に嫌味を送ろうとしたのだと思う。

でもうちは、なんとも思わなかった。

ただ、蛍が帰ったときも、蛍が死んだと聞いたときも、心の底からホッとしていた。

だって、蛍なんて死んでほしいと、誕生日会がはやく終わってほしいと、はじまる前からそう、思っていたから。

2020/12/23
From: yuki igarashi
Re:Re: #Paris

エッフェル塔に向かい歩いている途中で、二十三時になってしまった。

「わあ、きれい！」

背後から聞こえてきた懐かしい声に思わず振り返ると、はじまったシャンパンフラッシュに雪がちらついていた。

世界がこんなに澄んで見えるのは、はじめてだった。

「なあ雪、こっち来て！　すごい、きれい！」

広い道路を挟んだ向こう側で、六花《ろっか》があの日の姿のままでひらひらと手招いている。

あの時、六花さえいなくなれば、この辛《つら》さから解放されると思った。

だけど、それは違った。

ますます孤独で、辛くて、苦しくて、死にたくなるだけだった。

だって六花だけが、私を心から愛してくれた。

もしも六花のように可愛かったら、蛍《ほたる》のように美しかったら……私の心は、これほどまでに腐り果てることは、なかったのだろうか。

ママに愛されることが、できたのだろうか。


ねえ、お星さま――。

今度……もしも生まれ変われるなら、たとえ短い命で死んでしまうとしても、存在しているだけで愛されるような、美しい人間にしてくれませんか?

劣等感で、大切な人を死なせることもない、美しい心になれるように。

静かに願ったあと、私は道路の向こうに手を振り返し、少女のように元気な声で返事をした。

「うん、すぐ行く!」

対向車が来ていた。

けど構わずに私は、懐かしい声の元へと走り出した。

2021/03/31
From: sakura okawa
Re: もう魔法少女にはなれない

「おかあたん、おきてー」

朝の家事を一通り済ませたあと、ダイニングテーブルでうたたねをしていたらしい。

三歳の愛娘《まなむすめ》、智世《ともよ》の声で、はっと目が醒《さ》めた。

こんなにも愛《いと》しい存在なのに、どうしてだろう。時々、自分が母親であることを、忘れてしまう瞬間がある。

十数年が経《た》った今も、夢に見るのは、女子高生時代のことだった。

といっても私は、男の子たちが思い浮かべる女子高生などではなく、今でいうＪＫなんて呼び名も似合わない、ただの痛いオタクだった。皆と同じ制服を着ていても、時にはこっそり蛍《ほたる》の真似をして、千円以上するEASTBOYの紺ソックスを履いてみても、自分が纏《まと》っているものはぜんぶ不思議なくらいにダサく見えた。

「ごめんね、お腹《なか》空いたね。オムライスにしようか」

「うん！　智世、オムライスだいすきー」

娘は、赤ちゃんの頃から愛らしかったけれど、喋《しゃべ》れるようになって一層可愛くなった。

「あのね、おかあたん、智世ね、ぷりりあになりたいの！」

二人で一緒に食べようと、大きく作ったひとつのオムライスを、スプーンで不器用に掬《すく》いながら、智世が言う。

「そっかあ。お母さんも昔、サクリになりたかったな」

「おかあたん、さくらだよ」

「うんとね、違うの。さくらじゃなくて、サクリ」

「サクリって？」

「ぷりりあみたいな、魔法少女のこと。お母さんの世代は、ぷりりあじゃなくて、サクリだったの」

「なんで、ならなかったの？」

子供は時々、はっとするような鋭い質問をする。

「選ばれなかったから、かな」

智世の口まわりについたケチャップを、濡《ぬ》れ布巾でふき取ってやりながら、私は苦笑した。

「なんでえらばれなかったの？」

智世が首を傾《かし》げる。

こうして純粋無垢《むく》に、とどめまで刺してくるから、面白くなってしまう。

三十歳を過ぎた私はもう、こんなことで傷ついたりしない。

魔法少女になりたいと――高校生になってもまだ、かすかに願っていた自分が信じられないくらい、この十数年という月日を経て、私は大人になっていた。

十七歳の頃、私は心のどこかで、もう自分は十分すぎるくらいに大人だと思っていた。

全くそんなことなかったのに、どうしてあんなふうに感じていたのだろう。

鳥肌が立つが、自分のことも、ボクなんて呼んでいたのに。

黒歴史――私の高校時代は、まさにその言葉そのものだ。

「可愛い子しか、選ばれないんだよ」

小さな後頭部を覆うやわらかい髪を撫《な》でながら、私は答えた。

娘が生まれてから、悩み事も過去も、何もかもが、どうでもよくなった。

智世が元気に育ってくれたら、それ以上、望むことは何もない。

きっと、この子が生まれた瞬間、私の人生は終わったのだ。

もう――最低な自分の人生を、生きなくてもよくなったのだ。

「じゃあ、智世は、えらばれる!?」

智世が不安そうに大きな瞳を潤ませて私の顔を見上げる。

「うん、智世は可愛いから、ぜったいに選ばれるよ」

親バカかもしれないが、智世は本当に可愛い。私の遺伝子がどこにあるのかわからないくらい、不細工な要素がない。

「やったー！」

オムライスを食べている途中だというのに、智世は立ち上がり、部屋をはしゃぎまわる。

明日は智世の四歳の誕生日だ。プレゼントには、ぷりりあの魔法のステッキを用意してある。きっと智世は喜んで、一日中離さないだろう。

「子役のオーディションを、受けてみたらどうかと思うんだけど」

その夜、私は夫にそう提案した。

昨日、Instagramで繋《つな》がったママさんが（面識はないけれど）、子供が芸能事務所に受かったという投稿をしていた。だけどその子供の写真を見ると、ママさんには悪いけれど、智世のほうが何倍も可愛かった。

「ダメです」

しかし夫は静かに却下した。

「どうして？」

「無理だからです」

「無理じゃないよ。こんなに可愛いのに」

私はさっきInstagramに投稿したばかりの、智世の画像を見せた。

オムライスを口元につけながら、にんまりと笑っている。どこからどうみても、天使でしかないというのに。

「とにかく、無理です。あきらめてください」

夫がダメだと言えば、何もできない。

私には、稼ぎも貯金もないからだ。


高校卒業後は、大学へ進学することなく（両親も行けとは言わなかった。学費が出せないからだろう）、パン工場に就職した。でも、お金が貯まったらすぐに辞めるつもりだった。

だって私は、声優になりたかったから。最悪なセーブポイントが生成されたあの日──蛍が「桜《さくら》って、声優さんみたいな声だもんね」と言ってくれたときから、それが私の夢になっていた。だから必死に来る日も来る日もパンに具をのせ続け、上京資金と学費を貯めた。

そして満を持して東京のボロアパートへ引っ越し、念願の声優コースのある専門学校に入学したのだ。

専門学校へ通った日々は、私の人生で唯一、青春と呼べるほど楽しかった。

恋人や親友と呼べるような存在はできなかったが、一時的な仲間はたくさんできた。

「大川《おおかわ》っち、いいなあー、元からそんな可愛い声で！」

ずっと悩んでいた声が褒められる日が来るなんて、想像もしていなかった。

みんなオタクであることがデフォルトだったし、今期はどのアニメが面白いか、どんな役をしたいか——適当に誰かの家に集まっては、そんな話題で飲み明かした。

私を含めた誰もが、将来は絶対、声優になれると信じていた。


「今はさあ、アイドル戦国時代だから。ＡＫＢとか流行ってるっしょ。声優でも、ある程度可愛い子じゃないとね、売り出しにくいんだよ。声だけなら、まあ有りなんだけどねえ……。うーん……もし整形とかして、顔が変わったら、また来て」

それは最も酷《ひど》い回答だったが、どこの事務所も似たようなことを言った。

事務所に入らなければ、オーディションも受けられない。

私は、声優にはなれなかった。

化粧も覚えたし、いじめられることもなく、普通になれていると錯覚していた。

自分が、底辺だったことを、忘れていた。

空を仰ぐと、何の嫌がらせか、思し召しなのか、美容整形外科の看板が目に入った。

光に吸い寄せられる蛾《が》のように、私は雑居ビルのエレベーターに乗り込んだ。

扉が開くと、建物の胡散臭《うさんくさ》さとは対照的に、しっかりとした清潔な作りの内装だった。CMでよく耳にする歌が、耳の奥で流れた。

「ご予約はされていますでしょうか」

「いいえ」

「ではまずカウンセリングになりますので、少しお待ち頂きますが、よろしいでしょうか」

「はい」

一時間後、担当になってくれたのは、茶髪で若めの男の医師だった。

「えーと、どのレベルで、整形を考えていらっしゃいますか。どんな顔になりたいとか」

医師はきっと、目を二重にしたくらいでは、印象が変わらないと思ったのだろう。そういうふうに、質問をしてきた。

誰になりたいかなど、何も考えていなかった。

だけど——はっとして、なりたかった顔を思い出した。

私は医師に、ケータイに保存されていた、一枚の画像を見せた。

それは何年も前に、蛍と撮ったプリクラだった。

「そうですね、このお顔に近づけることになりますと、大川さんの場合、骨格からになりますので……」

医師は呪文のような施術メニューを口にしながら、最低でも五百万はかかるだろうという見積もりをした。

そして、声優を目指しているという話をしたからだろう、鼻を高くしたり、顎を削ったりすると、ほんの少しだが声が変わってしまう可能性があるとも言った。

「ははっ」

私は思わず、笑ってしまった。

だって――私が蛍の顔になろうとすると、五百万もかかるのだ。

さらに今となっては唯一の武器である声が、変わるかもしれないなんて。

もしも蛍が私の顔になりたいと言っても、五百万かかるのだろうか。

そんな下らないことを考えながら、私は施術を断り、ビルを後にした。

「もう、死のう」

あの時、声に出るくらい、とても自然にそう思った。

五百万も出して、不自然な顔になるくらいなら、死んだほうがいいと思った。

それに、そんな大金はどこにもない。貯金は東京での一人暮らしと、専門学校の費用でぜんぶ消えた。

道路沿いに連なる桜の木から、花びらが舞っていた。

この世界は――無加工なものほど、きれいだった。

帰りにホームセンターで、首を吊《つ》るための縄を買った。

これでもう、生きなくてもいい。そう思うだけで、驚くくらい気持ちが楽になった。

すると人間の本能なのだろうか、性欲というものが、異常なほどに湧いてきた。その欲求は、あの事件が起こってからはすっかり、失せていたものだった。

私はネットカフェに行き、検索でいちばん上に表示された出会い系サイトに登録した（ちゃんと自分の写真を、登録した）。

もう一つの夢だった、イケメンに抱かれてから、死のうと思ったのだ。

〈ブスでもよかったら抱いてください〉

プロフィール写真を見て、好感を持った男性、十名ほどにメッセージを送ってみた。

大抵はスルーされ、キモイとか、払える額ではない金銭的な要求が送られてきた。

〈今日の夜十時に、渋谷《しぶや》のハチ公前に来られますか？〉

だが一通だけまともな返事がきた。それもメッセージを送った中でいちばん好みの顔だと思っていた、藤高《ふじたか》さんという七歳ほど年上の男性からだった。

〈わかりました〉

出会い系サイト経由での事件は、年々増加している。でも——たとえ事件に巻き込まれたとしても、私には失うものはなにも無かった。

渋谷の街は、いつ来ても人に酔ってしまう。ハチ公はこんな空気の悪い場所でご主人様を待ち続けて、なんて可哀想なのだろう。それでも、独りぼっちよりかは、寂しくなくていいのかもしれない。

「こんばんは。藤高です。桜さんですか？」

雑踏の中、声をかけられ振り返るとそこには、プロフィール写真以上の、美しい顔があった。背が高く、きっと長く使っているのだろう顔の一部のように馴染《なじ》んでいる細いフレームの眼鏡をかけ、いかにも知的そうな彼は、乙女ゲームでも、真っ先にクリアするような好みのタイプだった。肌もきれいで、若々しく、自分と七つも歳《とし》が離れているようには見えなかった。

「はい」

緊張しながら、私は頷《うなず》いた。

こんなブスが来たというのに、藤高さんは表情一つ変えなかった。約束上ではこれからセックスすることになっているが、嫌になったりしないのだろうか。それともやっぱり——何かの罠《わな》なのだろうか。

「じゃあ、行きましょう」

連れていかれたのはラグジュアリーなホテルだった。部屋からは渋谷の夜景が一望できた。歩いているときはあんなに汚く感じたのに、見下ろすとどうしてこんなにきれいに見えるのか、不思議だった。

「一つ訊《き》きたいんですけど、どうして、あんなメールをくれたんですか」

藤高さんは淡々と訊いた。

「それは……死ぬ前に、セックスしてみたかったんです」

私は答えた。どう思われたってよかった。

「そうですか」

私が死ぬことにさして興味もないように頷くと、藤高さんは私を後ろから抱きしめて、ゆで卵の殻を剝《は》がすみたいに丁寧に服を脱がせていった。

言うまでもなく、私は処女だった。あれからもずっと、私に触れたいだなんて思う男性は誰も現れなかった。でも今、彼の手は我慢できないというように、私の体をまさぐっていく。その骨ばった細い指が、自分でしか触れたことのなかった敏感な部分に触れるたび、味わったことのない感覚が体中を駆け巡った。

「かわいいよ」

行為の最中、藤高さんは何度もそう言った。

何度もその言葉を与えられるうち、こんなブスなのに、本当に自分が可愛くなったような錯覚がした。

その感覚を再び味わいたくて、私は死ぬことも忘れて、その日以来、藤高さんと何度も交わってしまった。

私が誘えば、藤高さんはホテルを予約してくれた。

そして快楽だけに溺れる日々が続く中で、私は自分が妊娠していることに気が付いた。避妊も何もしていなかったのだから、子供ができるのは時間の問題だったのかもしれない。漠然と、自分に子供ができるなんて思っていなかった。そんな能力があるなんて、信じられなかった。

だけどうれしさは微塵《みじん》も感じていなかった。

私は子供を産むつもりはなかった。自分の子なんて、絶対に不幸になるに決まっていた。

だから今度こそ――、お腹《なか》の子供と一緒に死のうと思った。

「結婚しましょう」

だけど彼にも知る権利があると感じ、一応妊娠したことを告げると、藤高さんは何の迷いもなく言った。

「……え……いきなり……結婚って……」

付き合うとかいう話も出なかったのに、結婚なんてしてもいいものか、わからなかった。

「桜さんに、傍《そば》にいてほしいんです」

藤高さんは、真顔のまま言った。美しい顔をしていたけれど、いつだっておそろしいほどに表情のない人だった。だからいつも、何を考えているのか、わからなかった。

藤高さんが私のことを抱いてくれるのは、ブスのほうが興奮するとか、貧乳が好きとか、そういう性癖なのだろうと思っていた。だけどもしかして、愛されていたのだろうか——。

「僕じゃ、ダメですか」

それはいつか、ゲームの中で言われた台詞と同じだった。

「……ダメじゃ、ないです」

夢を見ているのだと、思った。

藤高さんは両親とはもう十年も連絡をとっていないから、挨拶はいいと言った。

二人とも結婚式に呼べるような友達もいなかったので、ウエディングドレスに憧れがなかったといえば嘘《うそ》になるが、式は挙げなかった。

京都に帰るのが面倒で電話で報告すると、母さんは、「へえ。そういう質素なのって素敵。ふたりだけの世界って感じで」と言って、別に気にしなかった。

きっと藤高さんが有名国立大学のK大学出身で、さらに文学部卒業というのが、気に入ったのだろう。新しい登場人物を手に入れたような気になっているに違いなかった。

新婚旅行に友達の数は関係ないので、「車を借りて、伊豆《いず》にでも行きませんか？」と訊《たず》ねたら、

「僕は、車の運転はしない」

と、藤高さんはなんだか冷たく答えた。

旅行とか、そういうことに興味がなさそうだったし、あまり気乗りしなかったのだろう。

「そうですか」

私はもう身重だったし、電車でどこかに行くのも難しかったのであきらめた。

新婚生活はとても静かで、穏やかだった。凪《な》いだ海の上に浮いているような感じだった。基本的に、藤高さんはとても無口だったし、私もそうだった。だから言い合いになることもなかった。

「どうして私なんかと、結婚しようと思ってくれたんですか？」

あまりにも気になって、一度だけ訊ねたことがある。

「同じだったから」

「え？」

「僕も、死ぬ前に誰かと、セックスしてみたかったんです」

すると藤高さんは、そう答えた。

けれど結婚してから、もうセックスすることは二度となかった。キスもなかった。

藤高さんの中で、何かが満たされたようだったし、私も身籠ったせいもあるだろうが、何だか、不思議なくらい性欲がなくなった。

わかっていたことだが、藤高さんはきっと私のことなど愛していなかったのだと思う。

ただ誰かに、傍にいてほしかっただけなのだと思う。

でも別に、それでよかった。

だって私も、似たようなものだった。ただ彼の顔が美しかったから、選んだだけだった。

だからこの関係が、ふたりにとっての愛だった。


――そして春の真夜中、私は智世を出産した。

幸せすぎて涙があふれたのは、生まれてはじめてだった。

「ねえ見て、すごくかわいいの。天使みたい。でもなんだか、どっちにも似てないよね」

仕事を抜けて急いで病室へ駆けつけてくれた藤高さんに、私は言った。

全くといっていいほど私には似ていなかったし、藤高さんにも似ていなかった。彼の美しさに、私のマシなパーツが奇跡的にうまく組み合わさった結果なのだろうか、それとも隔世遺伝というやつか生まれながらにして可愛いさが光っていた。神様が気合いを入れて作ったのがわかった。

でも藤高さんは、我が子の顔を見た途端、身震いしはじめた。

「……あの子の、生まれ変わりかもしれない……」

そしていっきに顔面蒼白《そうはく》になりながら、藤高さんは言った。

何かトラウマがフラッシュバックしたかのような目をしていた。

私は妙に苛《いら》ついた。

「やっぱり……僕を、恨んでいるんだ……」

意味不明な発言を連発し、この幸せな空間をぶち壊す夫を殴りたいほどだった。

藤高さんは自分の子供が生まれることを、こうして仕事を抜けてきてくれるぐらいには、楽しみにしていたはずなのに。折角こんな奇跡みたいな可愛さで生まれてきてくれたのに、何を怯《おび》える必要があるのか全くわからない。自分たちに似ていないのが、気に入らなかったのだろうか。

それからは結局お見舞いにも来なくなり、退院してからも、全く赤ちゃんに寄り付かなかった。

「ねえ、名前どうする？」

「桜さんの好きにしてくれて構いません」

わくわくしながら相談しても、藤高さんは、子育てのぜんぶを押し付けるようにそう答えた。

「じゃあ、智世にする」

即答したのはずっと前から決めていたからだ。それはサクリの親友の名前だった。私は自分の子供と親友みたいな仲になりたかった。偽物の親友ではなく、本物の親友に。

「いい名前ですね」

そう言ってくれたのに、藤高さんが、智世の名前を呼んでくれることは一度だってなかった。

顔も見ようとしなかったし、当然のように、子供の面倒も一切見なかった。

でも養ってくれているだけで有難かったし、私はもう智世がいればそれでよかった。

しかしある日のこと。結婚前から、ずっと通っているという心療内科から帰ってきた藤高さんは、淡々とこう言った。

「鬱病だと診断されました。仕事はしばらく休みます」

確かに藤高さんは、私が智世を出産してからというもの、異様なほど元気がなかった。ますます無口になり、前にも増して表情もなくなっていた。智世が「パパ」と言って近づくと、怯えながら「ごめんなさい」と呟《つぶや》いた。意味がわからなかった。

家計の管理は藤高さんに任せているため、仕事を休むということが、どれくらい生活に影響があるのかわからなったが、途方もなく不安になってきて、パートをしようかと提案した。智世ももうすぐ三歳になり、幼稚園に通えるようになる。

「傷病手当がでるから、大丈夫です。買い物以外は、家から出ないでください」

でも藤高さんは命令するようにそう言った。結婚当初からそれは暗黙の了解だった。藤高さんは私を必要最小限しか外に出してくれなかった。だけど私はそれが、結婚というものだと感じていたのかもしれない。母さんも専業主婦だったし、いつも家にいたからだ。

「どうしてなの？」

「だって、車にでもひかれたら、死んでしまいますから」

そう伝える藤高さんの顔は、酷く真剣だった。

そして——智世が魔法少女になったのは、四歳の誕生日の翌日だった。

週にたった一度の買い物に出かけている最中の、出来事だった。

「智世……!?」

マンションの前の通り。智世の小さな体が、地面に打ち付けられ横たわっていた。

この辺りは人通りが少なく、車も通れない。だから私が、第一発見者だった。

智世の足元には、ぷりりあの魔法のステッキが落ちていた。ステッキに跨《また》がって、ベランダから飛んだのだろうということは、容易に想像できた。少女の頃、私も同じことを考えていた。本当に飛べるような気がしていたから。

震える手で抱き上げると、智世はまだかすかに息をしていた。

「智世、大丈夫だからね、いま……、救急車、呼ぶから、そし、たら、治るから、ね」

あの時、智世を抱き上げる前に、すぐ救急車を呼ばなかったのは、もう助からないと一目見て、わかっていたからなのだろう。

「とも、よ……なりた、かったの……」

かすかに目を開けた智世は、そのとき、小さな、小さな声で言った。

——ぷりりあに、なりたかったの。

「なれ、るよ……智世なら絶対になれる、から……だから、お願い……死なないで――……」

まだあたたかいその体温を感じたくて、きつく抱きしめた。

だけど救急車が到着する前にはもう、智世は帰らぬ人となっていた。

ふと気配がして上を見上げると、ベランダから、いつもの無表情を貼りつけた藤高さんが、私たちのことを見下ろしていた。

2007/06/11
From: sakura okawa
Re: 誕生日おめでとう

「ねえ……君、ナデシコちゃんの友達だよね？　はじめて声かけたとき、一緒にいた」

あの日リイ君から声をかけられたのは、ネットカフェを出てすぐのことだった。

魔法世界《マジカルワールド》をプレイしていたら知らぬ間に夜になっていた。

「え……あ、はい……」

心臓が、ばくばく鳴った。

つい先日まで毎日電話をしていたとはいえ、こうして面と向かって話すのは初めてだった。

こんなふうに至近距離でリイ君の顔面を見るのも、あの最悪なセーブポイントが生成されて以来だ。現実世界では絶対に手が届かないイケメンと、コイビトとして付き合っていたのが信じられない。嫌でも胸が高鳴ってしまう。

「ナデシコちゃん今、どこにいるか知らない？」

見惚《みと》れていると、なにやら焦った様子で、リイ君は訊いた。

――ナデシコは、ボクですけど。

本当はそう言ってしまいたかった。でも今更もう、信じてはもらえないだろう。

「と、友達の家……だと思います……」

ボクは緊張でどもりながら答えた。

それにしても、なぜこんな時間に、蛍を探しているのだろう。

――明日はね、雪の家で誕生日会をしてもらうんだ。と、蛍は自慢げに話していた。

「友達の家？」

「……はい」

「おかしいな。さっきナデシコちゃんから、実は、今日誕生日だから会いたいって、急にメールが来たんだ」

「…………へえ」

リイ君に対して、思わずそんな不機嫌な相槌《あいづち》を打ってしまった。

だってメールアドレスを直接交換していたなんて知らなかった。

けれど冷静になれば、きっとリイ君が、蛍にアドレスを訊きなおしたのだろうと思った。

なぜならボクはリイ君の連絡先を、三日前、全部受信拒否に設定したのだ。

なぜならボクはもう、ナデシコじゃなかった。

蛍に似ていない新しいキャラクター『ソノミ』を作って、最近はそっちでプレイしていた。

そして先日――新しいコイビトのクロウ君もできた。

そうする他に心を保つ方法がなかったのだ。

だって奪われる前から、リイ君はもう蛍のものだった。

蛍がナデシコのふりをしてくれるようになってから、リイ君と話していても、ボクはちっとも濡《ぬ》れなかった。電話越しに好きだと言われても、女の子の部分が疼《うず》くことはなかった。リイ君が呼ぶナデシコという名前が、自分のことだとは、もう感じられなかったのだから。

だからナデシコとしての魔法世界のデータは、今ちょうど、デリートしてきたところだ。

「俺さ……、何度も会っているうちに、本当にナデシコちゃんのことが好きになって……。次会ったら、ちゃんと言おうって、思っていたんだ……」

大きな溜め息をついたあと、リイ君は頭を抱えながら言った。

蛍は言っていた。リイ君みたいな恋人がいて、羨ましいと。

だから大丈夫。心配なんてしなくても、ふたりはこの上なくお似合いだし、両思いだ。

この結末は、勝手に蛍の画像を送ってしまった自分の罪であり、受けるべき罰なのだろう。

「でも兄貴にそれを伝えたら、俺のケータイ持って、会いに行っちゃって」

「……え？」

どうしてリイ君のお兄さんが出てくるのだろう——。

「ナデシコちゃん、きっと急に兄貴が来て、びっくりすると思う……。ずっと、説明しなきゃと思ってた。でも、本気で好きになって、嫌われると思ったら、言いだしにくかったんだ」

「……説明って、どういうこと……なんですか？」

意味が、わからなかった。

「えっと……俺、実は、兄貴に頼まれて……兄貴のふりを、してたんだ」

「……ふり？」

「兄貴さ、ずっと学校でいじめられていて、引き籠りで、ぶっちゃけキモオタ、みたいな感じなんだけど……。ナデシコちゃんと電話しているときだけは、生き生きしていてさ……。隣の部屋だから、声聞こえてきて、楽しそうでよかったって思ってたんだけど、なんかある日突然俺の写メが欲しいっていうから送ったら、兄貴、その写真、自分だと偽ってナデシコちゃんに勝手に送ったみたいで……」

ああ――……同じだ。

同じ、だったんだ。

リイ君はやっぱり、ボクと同じ世界線に生きていたのだ。

そう確信し、安心するとともに、感じたこともないくらいの吐き気がこみ上げてくるのがわかった。

キモオタという言葉に――どうしようもなく、体が拒否反応を起こしていた。

ボクは――キモオタと、毎日電話をして、好きだと、言い合っていた。

キモオタの声で、一人エッチまでしていた……。

「で、ナデシコちゃんの写真も自慢げに見せられていたから、電車で見かけて、実物があんまり可愛いから、つい声かけちゃって……。俺、兄貴と声そっくりだからさ、今までナデシコちゃんは気が付いていなかったけど……」

「……………そうですか」

限界だった。吐きそうだった。

両親に読まされたどんな純文学小説よりも、胸糞《むなくそ》な結末だった。

「君、ナデシコちゃんと連絡とれたりする？　待ち合わせ場所決める前に、兄貴にケータイ取られたから……探しようもなくて」

「メールアドレス知らないです」

息を吐くように――嘘をついた。

「そうなんだ？　じゃあ……とにかく俺、ナデシコちゃん探しに行くから。君もよかったら、探してみてよ。俺の兄貴、結構思い込み激しいから、何か嫌な予感がするんだ」

「はい」

深まる夜の中へ、リイ君ではない誰かが、駆けていく。

「おええええええ」

ボクはその背中が見えなくなってから、我慢していたものを側溝に吐き出した。何度も吐いた。出しきると、体から悪いものがすべて抜け落ちたみたいに、とても清々《すがすが》しい気分になった。

「あ、そうだ」

そういえば今日、まだ蛍に誕生日おめでとうメールを送っていなかったことを思いだした。

制服のスカートのポケットからケータイを取り出し、蛍にメールを送る。

2007/06/11 20:15
From: 大川桜
Sub: non title

蛍、遅くなってしまったけど、お誕生日おめでとう。
五十嵐《いがらし》ん家の誕生日会、楽しんでますか？

2007/06/11 20:18
From: 七瀬《ななせ》蛍
Sub: Re:

桜、ありがとう！
楽しんでるよ。すごく素敵なドレス、着せてもらっちゃった。
ちょっと、ナデシコみたいでしょ？
（添付ファイル）

2007/06/11 20:22
From: 大川桜
Sub: Re:Re:

わあ、本当にナデシコの衣装みたい。
すごく似合いそうです。

それから……いつも、こんなボクと仲良くしてくれてありがとう。

2007/06/11 20:28
From: 七瀬蛍
Sub: Re:Re:Re:
　こちらこそ。
　ずっと、親友だからね。

——蛍のいう親友とは、いったい、何なのだろう。

親友なら、どうして嘘をつくのだろう。

ボクはもっとはやく、その正体に、気が付くべきだったのかもしれない。

ずっと暗闇にいるから、気が付けなかった。

蛍は暗闇の中では美しいが、光の中ではただの気持ち悪い虫だと、そのことに気が付けなかった。

今から蛍は、ボクに内緒で、キモオタに——本物のリイ君に、会う。

もしも蛍が正直に話してくれていたら、ボクは蛍を探しに行こうと思ったかもしれないのに。

もう、どうなろうが知らない。

蛍なんて、親友でもなければ、友達でもない。

ただの——敵《エネミー》だ。

ボクはそれから、リイ君も、蛍もみんな、死ねばいいのにと思いながら、家に帰った。

そうしたら……本当に——みんな、死んだ。

2021/04/01

From: sakura okawa

Re:Re: もう魔法少女にはなれない

薄暗い家の中、蝶《ちょう》にもなれず、どこへも行けない私はまるであの時の蛹《さなぎ》のようだ。でも夫の妙な束縛がなかったとしても、私にはもう、どこへ行く気力もなかった。

智世がこの世からいなくなったことが、耐えられなかった。

だからもう一度——……ネットの中だけでも智世との生活を、はじめようと思ったのだ。

手始めにInstagramという写真を投稿できるアプリをダウンロードして、智世の写真を毎日、まだ生きているかのように投稿した。

〈智世ちゃん、とっても可愛いですね。うちも四歳になったばかりなんです〉

するといいねと共にコメントが付きはじめた。

投稿するたび、ネット上のママ友が増えていき、情報交換をしていると、私は本当に智世が生きているような錯覚に陥っていった。

「子役のオーディション、受けさせてみたらどうかと思うんだけど」

――そんなことを、本気で夫に相談するまでに、なっていた。


同級生だった五十嵐からアカウントをフォローされたのは――そんな時だった。

なんだかうれしくなって、私はすぐダイレクト《D》メッセージ《M》を送った。

〈久しぶり。元気にしてる？〉

もしかしたら私は、助けを求めていたのかもしれない。

〈うん、久しぶり。大川、結婚したんやね〉

五十嵐からは、すぐに返事がきた。

タイムラインには、一枚だけ、白い木枠の窓から覗《のぞ》くエッフェル塔の写真が投稿されていた。

それから何往復か、ＤＭでやり取りをした。

メッセージの中だとしても、久しぶりに、誰かとふざけあえたことがうれしかった。

でもそれ以降はただ、いいねを押すだけの関係になった。

もしかすると、蛍の事件のことを気にしているのかもしれないと感じた。私と関わることで、思いだしてしまうのがいやなのかもしれないと。

五十嵐のタイムラインにはいつも、煌《きら》びやかな世界が広がっていた。

大学に進学したことは知っていたが、今は仕事でパリにいるのだという。

美味しそうな、生ハムとチーズが挟まったパンとカフェオレ。素敵な街並み。エッフェル塔のシャンパンフラッシュの動画は、魔法みたいにきれいだった。

パリでの自由な暮らし。家賃の高そうな部屋。お嬢様だからお金には困らないのだろう。

すべてが――羨ましかった。

毎日、自分が見ている景色とは、何もかもが違った。

いいねを押しながら、一日でいいからこの生活と変わってほしいと思った。

だけど去年のクリスマスから、忽然《こつぜん》と更新が止まって、もう四カ月程になる。

〈何かあった?〉

心配になってDMを送ったけど、既読もつかなかった。

きっと、SNSに疲れて辞めたのかもしれないと思った。

私だって最初は、智世の写真を載せて、いいねが来るのが楽しかった。智世を可愛いと褒めてもらえるのが、何よりの喜びだった。でもInstagram上で知り合った、会ったこともないママ友の投稿に、いいねと思ってなくても、義理でいいねを押している自分がいることからも、もう私はSNS上のいいねが、無価値であることに気付いていた。タイムラインは誰かと競い合う場所だった。自分は幸せだと偽る場所だった。

偽るためにはじめたのに、私はもう——疲れていた。

だって智世は、もういない。

鬱病と診断されてから、藤高さんは仕事に行くことはなく、影みたいに、ずっと家にいる。もうその目に光はない。存在ごと、暗闇に包まれている。

息が詰まりそうで、私は一日に一度、それは怯えながら下駄箱を開けていたときのように、明るく話しかけた。

話しかけることはなんだって、よかった。

「ねえ、もうすっかり春だね」

だから今、カーテンを開けながらそう言った。

「カーテンを閉めてください」

藤高さんは、一切の感情を失った顔で答える。

「なんで？」

今まで一度だって、反論したことはなかった。こんなブスな自分が、反論できる立場だとは思っていなかった。私はずっと、美しい人のほうが偉いと思っていた。

でもそんなのよく考えれば、おかしい考えだった。

「外は、おそろしいから」

おそろしいのは――、お前だ。

あの日、ベランダから、私と智世を見下ろしていた顔を、私は忘れない。

もしも、たとえ阻止できなかったとしても、全力で駆け寄ってくれたら――

顔をぐしゃぐしゃにして、思い切り悲しんでくれたら――

許せたかもしれないのに。

部屋にいたのだから、ベランダから落ちた智世に、誰よりもはやく、気が付いたはずだ。

どうして夫は何もしてくれなかったのだろう。

この二年間、そればかりを考えていた。

「ねえ……、本当はあなたが殺したんでしょ？」

ずっと疑っていた。

生まれてからずっと、その光のない目は、智世のことを、幽霊を見るかのように、見つめていたから。

「……そうだよ。僕が殺したんだ」

藤高さんは、まるでずっと過去のことを話すように、そう呟いた。

「なんで、なの……？」

「事故だった。ただの、事故だったんだ……。しょうがなかった……」

その声は、いつだって絶望していた。

「そっか………そうだね。事故なら、しょうがないね。うん……しょうがない」

しょうがない。しょうがない。

私は呟きながら立ち上がり、洋服ダンスから、魔法少女サクリのステッキを取り出した。

結婚するとき、ほとんどすべてを捨ててきたけど、これだけは捨てられなかった。

本当はまだ心のどこかで、魔法少女になることを、あきらめきれていなかったのかもしれない。

「ねえ藤高さん。こんな私と、結婚してくれてありがとう」

あの時、会ってくれなかったら。

結婚していなかったら。

私は死んでいた。智世も生まれてくることもなかった。

だから今日まで、我慢できたのだと思う。

「でも、こうなるのも、もう事故だからしょうがないよね？」

私は、魔法のステッキを両手で強く握りしめると、藤高さんの後頭部になんども振り下した。

「ウッ、アッ」

ずっと無表情だったその美しいだけの顔は、はじめて人間らしい表情をしていた。

はじめて私に会ったとき、なんで藤高さんが、死のうと思っていたのか、知らない。

でも。

少しも抵抗しない姿は、最初から、私にこうされることを願っていたみたいに見えた。

だけど、こんな玩具《おもちゃ》じゃ、やっぱり殺せなかった。

だから最後には血に濡れて歪《ゆが》んだ顔の眼窩《がんか》に、テーブルに置いてあったフォークとスプーンを突き立てた。

死んでなかったとしても、これでもう何も見えない。カーテンを閉める必要もない。

それから私は、赤く染まったステッキを手に、ベランダに出た。遠くのほうに桜が咲いているのが見えた。

――「お母さんも昔、サクリになりたかったな」

――「なんで、ならなかったの？」

そうだね。なんで、なれないなんてあきらめていたんだろう。
智世はあんなに小さかったのに。
たったひとりで、ここから飛んで魔法少女になった。
ねえ、神様。
どうか次は、私のことを美しく作ってください。
美しさに惹《ひ》かれて自分を見失わなくてもいいように、美しく。
そしてまた……智世の母になりたい。
「待たせて、ごめんね。今から、お母さんも魔法少女になるからね」
あの夜とは違う。
本当に、失うものはなにもない。
もう、魔法なんて、使えなくてもいい。
ただ、あの子のいる世界まで——ここから飛んでいきたいだけだ。

2007/07/11
From: shiori nekoi
Re: 蛍《ほたる》を殺してしまったこと

「蛍ちゃん――めっちゃ、いい子だったのにね……。小説の才能まであって」

「見知らぬキモオタが勝手に家に入ってきたなんて、こわすぎるよね……」

「ね。オタクってマジで最低……殺されて当然」

事件が起こった日から一カ月が経《た》ったというのに、蛍のいた教室は、まだまだその話題で持ち切りだ。

私はいちばん後ろの窓際席で、クラスメイトの話に耳を澄ませながら、蛍が死んでしまったことを――まだ放心状態で、受け止めていた。

七瀬《ななせ》蛍の処女作は、社会現象といってもいいほど、連日ニュースで取り上げられ、五十万部を超える異例のヒットになった。

美人すぎる現役女子高生作家であるということに加え、受賞後すぐに、作者が自殺したという話題性が大きかった。

人殺しの小説――という声も多少は見受けられたが、世間の見解としては、クラスメイトと同様に、「オタクが暴走した事件に巻き込まれた上に、悲観して自殺した可哀想な女の子」という意見で一致していた。

烏丸三条《からすまさんじょう》の大垣《おおがき》書店には「惜しい才能を失くした」というポップが貼られているのも見かけた。

異常な発行部数になったのは事件の話題性からに違いないが、内容の素晴らしさを賞賛する声も多かった。なぜこんな、百合小説じみた作品が受賞したのかわからない、と揶揄《やゆ》する声もあったが、ほとんどの感想が、小説を肯定するものだった。

小説を読んだ若者の中には、感動のあまり、七瀬蛍を神のように崇《あが》める集団もできた。


〈キミヒフの作者って、もしかして『†夜の眠り姫†』の管理人じゃない？　あの日から更新ないし、書き方が似ている気がするんだけど〉

〈あのサイトの小説、神だった。でも、ニュース見たけど、あんなきれいな子が、ＢＬ小説書かないでしょ〉

〈そうだよね。でもまた、更新してくれないかな〉

ネットの掲示板に、鋭い信者たちの書き込みを、数件だけ見つけた。

アロワナにデュビアを一匹ずつ餌をやりながら、その下に衝動的に書き込んだ。

〈二度と、更新されないと思う〉

……もう、小説なんて書けるはずがない。
だってあの夜私が――殺してしまったのだから。

2021/05/01
From: shiori nekoi
Re:Re: 蛍を殺してしまったこと

スカートを短く切った制服を着ていた頃から、どれほどの月日が去っていったのだろう。

あの頃とは比べ物にならないくらいの暗闇の中で、私はただ、生きるためだけに、生きている。

高校を卒業してから、何者になることもできず、なろうともせず、三十歳を過ぎてからは、まだ若くして痴呆症《ちほうしょう》を患った母の介護をするだけの日々を送っている。

柊木沢《ひいらぎざわ》エルの小説の印税で、生活を賄っているものの、最近は重版がかかることも少なくなり、もう貯金の底も見えてきている。

スランプに陥った十数年前から、母はもう一冊も小説を書いていない。

というよりは、書けるはずがなかった、と言ったほうがいいのだろう。

だって最初から、母には物書きの才能など、なかったのだから。

それに気が付いたのは、そう――。

あの夜……蛍を殺したあとのこと、だった。

ノートパソコンを探っていると、『栞《しおり》』と名付けられたフォルダを見つけたのだ。

1990年10月1日
「ねえ、一体いつになったら小説家としてデビューできるの？　まだデビューできそうもないんだったら、アルバイトじゃなくて、ちゃんと正社員で働いてよ。正社員で働いたって、小説は書けるでしょ？　私、働きたくないの。パートなんてダサいし、絶対イヤ。それに、私のことを幸せにしたいから、奥さんと子供を捨てて、結婚してくれたんでしょ？」

嗚呼《ああ》。もはや溜《た》め息すらでない。

結婚した途端、こんなに豹変《ひょうへん》するとは思ってもいなかった。

僕はどうして、こんな女に惹《ひ》かれてしまったのだろう。

こんな、美しいことしか、とりえのない女に――……

でも僕がその美しさに、何もかもを捨てるくらい、取り憑《つ》かれてしまったことは紛れもない事実だった。

「私ね、あなたの書く小説がとても好きになっちゃった。それってつまり、あなたのことが好きになったのと同じことだよ。ねえ、これからふたりで抜け出さない？」

鴨川《かもがわ》沿いのカフェで行われた、小説好きや物書き志望が集まる読書会に参加したとき、僕はオリジナルの短編小説を発表したのだ。すると、隣に座っていた彼女から、そんなふうに囁《ささや》かれた。何も塗っている様子はないのに、そのピンク色に潤った唇を首筋に押し当てられたら、我慢はできなかった。

僕は妻というものがありながら、さらにはまだ生まれて間もない子供もいながら、女と逢瀬《おうせ》を重ねてしまった。

「ねえ、私のこと、いつか小説に書いてね。私も、あなたのことを書くから。猫井《ねこい》君だけに教えるけど、私もね、小説家を目指しているんだよ。だって小説家って、なんか知的だし、格好いいもの。二人で、小説家になりましょうよ。そして、ずっと一緒にいましょう。こうして、二人で」

岡崎《おかざき》公園近くのシンデレラ城を模したラブホテルの一室で、女はすべすべの肌を絡めながら、歌うようにそう話した。

その女には、まるで魔力にも似た魅力があった。僕はすっかりその虜《とりこ》となっていたのだ。

「ごめん。好きな人ができたんだ。だからその人と、結婚したい」

悪い熱に浮かされていたのだろう、僕は迷うことなく、妻の美月《みつき》に対しそう切り出した。

「そっか。じゃあ、好きな人と、いっぱい幸せになってね。今までとても楽しかったよ。結婚してくれて、ありがとう。素敵な小説家になってね」

美月はもう覚悟ができていたのか、あっさりと身を引いた。無断で連泊を繰り返す僕の不倫に、気が付いていない訳がなかったのだ。

でも美月を裏切った僕が、すべて間違っていた……。

「はーあ。お金もないし、あなたは書くか、アルバイトかで、なんだかつまんない……結婚なんてしなきゃよかった」

それはこっちのセリフだった。女は毎日、文句ばかり毒吐いた。

この女と一緒になってから、どうしようもなく美月のあたたかさばかりを思い返してしまう。

学生時代、付き合っていた頃から、美月は小説家になりたいという僕の夢を、ずっと応援してくれていた。

「大丈夫。猫井君なら、絶対に素晴らしい小説家になれるよ。だってこんなに、あたたかい物語を紡げるんだから。頑張れっ」

卒業して、結婚してからも、何度落選しても、生活が苦しくても、美月はいつだって笑顔で、そんなふうに励ましてくれた。

１９９０年11月１日

――神様……どうすれば僕は、許されるのだろう。

昨日は、一歳になる娘との、月に一度の面会日だった。

「ねえ、お願いがあるんだけど、栞を御所まで散歩に連れて行ってくれない？　ほら、今はイチョウの葉が黄色できれいでしょう。日頃、忙しくてお出かけできてないから、見せてあげたいの」

「うん、わかったよ」

何の疑いもなく、僕はその願いを引き受けてしまった。

御所の中は広く、迷子にもなったりして、散歩をするだけでかれこれ一時間ほどかかった。

美月の言った通り、色づいたイチョウの葉は本当にきれいだった。僕は一枚、本の栞の代わりに、持って帰ることにした。もちろん美月の分も拾った。

大学を卒業して、自分にはそぐわない夜景の見えるレストランでプロポーズをした日と同じように、心臓が騒いでいた。

なぜなら僕はこの後、美月に、もう一度プロポーズをするつもりだった。

土下座をしてでも、やりなおしたいという気持ちを、全力でぶつけようと決めていた。

「美月のことを、心から愛している。僕には美月しかいない」と。

その思いを詰めた、まだ誰にも見せていない原稿も、したためてきていた。

——だけど、何もかもが遅かったのだ。


散歩が終わって美月の元へ戻ると、家が燃えていた。

消防車はもう駆けつけていて、必死の消火活動が行われていたが、結局火は消えなかった。

中にいた美月と共に……、すべてが灰になった。

1991年6月11日
出版社から、小説が受賞したという連絡が入った。

『世界の果てで君を呼ぶ』は、あの日、美月に渡すつもりで書いた作品だった。

行き場を失くして、葬るつもりで応募したものが、まさか受賞するなんて思ってもみなかった。もう小説家になるという夢も、諦めていたからだ。

「別れよう。僕はこれから、娘と二人で生きていく。小説が受賞したんだ」

だから夢が叶《かな》ったとか、そういう晴れやかな心境ではなかったが、自信というものが湧いたのだろう。強気になり、女に言った。

「わあ！　おめでとう。やっとだね！　うれしい！」

別れようという言葉が聞こえなかったのだろうか。それとも聞かないふりか。女は拍手をしながら言った。

「今週中には、荷物をまとめて、出て行くから」

素っ気なく僕は伝えた。賞金で纏《まと》まった金額が入る。美月が死んでから、何をする気力もなくなり、離婚する体力もなく、ずるずるこの生活を続けてきてしまったが、今が逃げ出すチャンスだった。

「何、言ってるの？　絶対に、別れないわよ」

「すまないが、もう君に、愛はないんだ」

「私はあなたのこと、愛してるわ」

僕もそうだったが、女ほどの容姿ならば、見た目だけで寄ってくる男は山ほどいるだろう。性格が悪くたって、これだけ美しければ、喜んで幸せにしてくれる男もいるはずだ。

なぜ女が、僕のような醜くてお金もない男に固執するのかわからなかった。

「……それに、琹には、私が必要よ。母親の愛が」

僕は呆《あき》れた。

「君は昔、自分の子供を捨てたんだろう。そんな奴が何を言うんだ」

「捨てたんじゃない！　奪われたのよ！　いちばん大切だったのに！　それにあなただって、一度は栞を捨てたじゃない！」

「……うるさい。とにかく君は、栞に手をあげる。そんな母親なら、いないほうがいい」

「もう絶対にしないわ。栞にとって、いい母親になる。いつか学校でいじめられたとしても、私だけは栞の味方になる。栞を、世界で一番愛する。だから——その代わり、私を小説家にしてくれない？」

この女の思考回路は、一体どうなっているのだろう。

何を言っているのか、理解もできなかった。

無視していると、女は続けた。

「ねえ……、あなた。あんな罪をおかしてまで、自分だけ幸せになれると思っているの？　私の美しさに惹かれて、あっさりと妻と子供を捨てたあなたが、有名な小説家になったとき、その過去が暴かれたら、世間はどう思うでしょうね？　あなたの小説で感動できる人がいるかしら？　それに……あなたみたいなみすぼらしい男より、美しい私が小説家になったほうが、世の中も注目するわ。小説が売れれば、お金も入って栞も幸せになれる。あなたは私の、ゴーストライターになるべきよ」

何も言い返せなかった。なぜなら女の言い分は、こわいくらいに、筋が通っていたから。

だから僕は、あの時……、頷《うなず》くことしか、できなかった。

ああ、神様。もしかしたらこれが、僕の罪なのかもしれない。

どうか……娘だけは、不幸になりませんように。


――……これは、何かのめぐりあわせなのだろうか。

その事実を知ったとき、私は身震いした。

育ててもらったこともないのに、自分が、母と同じことをしようとしていたことに――恐怖を覚えた。

「……おしっこ、おしっこ！」

ベッドの上で母が、幼児のように手足をバタバタさせながら、わめいている。

どうせまた、間に合わずに漏らしたのだろう。私はベランダに干していたシーツとバスタオルを取り込み、母の部屋へと走った。

ねえ――……私、後悔している。
あの夜、蛍を殺してしまったこと、後悔している。

From: hotaru nanase
Re: 雨の日の悪魔

「今日は、蛍《ほたる》の大好きな、グラタンだよ」

「わーい！」

特別な日——たとえば誕生日などに、母がホワイトソースから作ってくれる特製グラタンは、この世の何よりも美味しかった。

「蛍、お母さんのグラタン毎日食べたい！」

私はいつだって、そうねだった。

「だーめ。グラタンは特別な日に食べるって、決まっているんだから」

「そうだぞ蛍、特別なことがあった日だけ、ママ特製のグラタンが食べられるんだ。だから次は、パパの誕生日だな」

——暗闇の中で目を瞑《つぶ》ると、いつも少女だった頃の記憶が蘇《よみがえ》る。

私は、やさしい父と母が大好きだった。

どこにでもある、平凡な家庭。仲睦《なかむつ》まじい両親の笑顔に囲まれ、私は幸せだった。あの陽《ひ》だまりの中で、ずっとずっと、暮らしていたかった。

でも私が四歳のとき、悪魔が、生まれたのだ。

「蛍の妹の、鈴《りん》だよ」

「うわあ！　かわいい！　天使みたい！」

といっても、生まれたては、まぎれもない天使だった。その愛らしさがたまらず、私は毎日隣で眠りたいと駄々をこね、白玉団子みたいなプニプニの頬を、永遠に触っていた。

私の妹――。

そう思うだけで、本当に愛《いとお》しかった。かけがえのない存在だった。

でも姉妹なのに、私と鈴は似ていなかった。成長していくたび、そう感じた。でも思えば、私だけが家族の誰にも似ていなかったのだ。

鈴はあくまで一般的な可愛いという外見からは、かけ離れていた。

だけど容姿なんて関係がなかった。私は心から妹を可愛がっていたし、両親も、私にそうしてくれたように、鈴に愛情をいっぱい注いでいた。

なのに……どうしてなのだろう。

鈴は、とてもひねくれた性格に育った。

その上、母が作った手料理を平気で残し、お菓子ばかり食べていたから、どんどん太って醜い姿になっていった。

私が中学に上がる頃には、鈴は学校でいじめられ、不登校にもなっていた。

朝から晩まで部屋に引き籠り、ゲームをしていた。

集中していたのだろう、ゲームをしているときは、ものすごく静かだった。

気持ち悪かったけど害はまだなかった。

「鈴。今日は、ママの誕生日なんだ。家族みんなで、ご飯を食べよう。そのほうが美味しいよ」

だけど——父がそう誘い、強制的にゲームを止めさせようとした夜のことだった。

突然、気がふれたように、騒ぎだした。

「うるせえええええ、いいところなんだから、邪魔するな！」

その姿は、まるで猛獣みたいだった。

「そ……そうか。邪魔してごめんな、鈴」

だが父は、やわらかくそう謝り、少しも叱りつけなかった。

「そうね。ママのことは気にしないで。食べたいときに、言ってね」

母も、こわいくらいに完璧な笑顔だった。

「じゃあ蛍、三人でグラタン食べようか」

「うん……」

なぜ両親が、こんなに鈴を甘やかすのか、私には理解ができなかった。

その結果鈴は、ますます調子に乗り、食べてはゲーム、寝てはゲームを繰り返すだけの、日々を送るようになった。

ご飯の時間もばらばらで、精神的に疲れが溜《た》まるのだろう、母の顔色は日に日に悪くなっていった。毎晩、自分の子育てが間違っていたのだと責めている姿を、私は知っていた。

「そんなことない。大人になれば、ママのやさしさは伝わるよ」

父はいつもやさしく、母を慰めていた。

「いい加減にして！　ママに迷惑をかけないで！　悲しませないで！」

とうとう頭にきて、私は鈴の部屋にそう怒鳴りつけに行った。

「ゲームしてるだけなのに、何が迷惑なんですか？」

すると鈴は、煽《あお》るように生意気を返した。

それからというもの、私は、自分の家族だと思いたくないくらい、鈴の存在が嫌になった。

というよりもうすでに嫌いだった。大嫌いだった。

鈴が入ったあとのお風呂は、毎日食べているポテトチップスの油が浮いているみたいに汚くて、すぐに流した。

何よりも――大好きな母と父から笑顔を奪ったのが、許せなかった。

「お前の妹、引き籠りのデブのオタクなんだろ？」

クラスメイトにからかわれるのも、最悪だった。

唯一の癒しは、はじめてできた学年が一つ先輩の彼氏だった。

私は図書委員で、彼――塔屋《とうや》先輩もそうだった。

どちらかというと地味めで、容姿こそ普通だったけれど、学年ではいちばん成績優秀で、やさしくてスマートで、クラスの男子とは違う知的さに、私はどんどん惹《ひ》かれていった。

放課後は一緒に、図書室の整理や管理をしながら、小説について語り合った。

「塔屋先輩は、どういう小説を読むんですか？」

「SF……かな」

「へえ、すごい……。SFって読んだことないです。今度おすすめ教えて下さい」

「うん、もちろんだよ」

今まで小説について話せる友達はいなかったから、うれしかった。

その頃から私は、柊木沢《ひいらぎざわ》エルさんに憧れていた。嫌なことがあった日も、柊木沢エルさんの小説を読むと心が救われた。あんなふうな暖かい小説が書ける作家になりたいと、思いが募っていった。

だけど自分の小説を誰かに読ませたことはなく、どれだけたくさん小説を読んでも、上手に書くのは難しかった。自分には才能があるのか、わからなかった。

「感性豊かな蛍ちゃんなら、きっと小説家になれるよ」

でも本のにおいに囲まれた夕暮れの中、塔屋先輩にそう言ってもらえるだけで、自信がついた。


塔屋先輩は帰り道いつも、家の前まで送ってくれた。

何か月も、手を繋《つな》ぐことも、キスをしてくることもなく、私を大切にしてくれているのがわかった。

「髪色、こういう色にしてみたらどうかな？　蛍ちゃん、明るいほうが似合うと思うんだ」

だからあの日、塔屋先輩がはじめて私に何かを求めてくれて、うれしかった。

指定されたのは、想像以上の派手な髪色だったが、喜んでその通りにした。

担任の先生にはあまりにも明るすぎると怒られたけど、塔屋先輩に可愛いと思われるほうが、重要だった。

そして……はじめてを捧げることになったのは、汗でブラジャーが透けそうなほどに蒸し暑い夏の日だった。

私たち以外、誰もいなくなった図書室の外では、なまぬるい雨が降っていた。

ぴちゃぴちゃと鳴っていたのを、私は今でも思い出せる。

「もう我慢できない」と机の上に押し倒されると、心臓が破裂しそうなくらい、ドキドキ鳴った。

生まれてはじめてのキスをされながら、スカートの中に、塔屋先輩の指が入ってきた瞬間、体が魚のように跳ねた。触れられるだけでこんなにも体が反応するなんて、心が満たされていくなんて、なんて神秘的な行為なのだろうと感じた。

でも父と母のこんな行為の果てに、あの悪魔が生まれたのかと思うと、ゾっとした。

だけど今は、すべてを忘れたかった。私は塔屋先輩にしがみつき、体をゆだねた。

「先輩……塔屋先輩」

「蛍……き、蛍ちゃん」

ふたりで息を荒げながら、名前を呼びあうだけで、幸せが体中を駆け巡った。

それから、塔屋先輩のものが入ってきて果てるまで、私の体には痛みが走り続けた。けれど、なぜだかうれしかった。行為が終わると、太ももからは少量の血が垂れていた。

「はじめてをくれて、ありがとう」

塔屋先輩は言って、私を抱きしめた。

いやらしい音を奏でながら雨はまだ、降り続いていた。

それから夏休みは何度、図書室で交わっただろう。

いつしか痛みはなくなり、快感さえ覚えはじめていた。

だが夏の終わり——私は、塔屋先輩とその友人の、絶望的な会話を聞いてしまったのだ。

「お前の彼女、蛍ちゃんだっけ、超美人だよなー。お前には勿体《もったい》ないくらいだ」

「うん、僕もそう思う」

「もう、したか？」

「したよ。最高だった」

「いいなあ。でも、どうせお前、蛍ちゃんと付き合ったのって『宇宙日和《うちゅうびより》』のキホにそっくりだからだろ？　あんな、髪色まで一緒にさせてこのオタクが」

「さすが、お見通しだな。するときはいつも、キホのこと思い浮かべているよ……」

「いいなー。俺も、好きなキャラと似た女の子と付き合いたいぜ」

膝から力が抜け落ちた。

コンピュータ室へ行き、『宇宙日和』と検索すると、本格的なSFアニメだという情報が現れた。

しかし絵柄は萌え系そのものだ。

そしてキホは、私と同じ、黄緑色の髪の毛をしていた。

翌日の放課後――ふたりきりになるのを見計らって、いつものように塔屋先輩が近づいてくる。

そっと羽に触れるように、私の髪を撫《な》でたその手を摑《つか》み、静かに振り払った。

「待ってください……。先輩、一つ訊《き》きたいことがあるんです」

一刻もはやく、確認しなければならなかった。

「どうしたの？」

塔屋先輩は、はやくしたいというように、また手を絡めてきた。そういえば、先輩がこういう行為を求めてくるようになったのは、髪を染めてからだった。

私は水戸黄門《みとこうもん》の格《かく》さんのように、昨日ケータイに保存した画像を、塔屋先輩の顔の前に突き付けた。

「あの、先輩は……私がこのキャラクターに似ているから、付き合ってくれたんですか」

でも。塔屋先輩が――オタクだなんて。

そんなの、信じたくなかった。

「…………」

違うと。切っかけはそうだったかもしれないけど、今は蛍ちゃんそのものが好きだと。
そう言い返してくれることを、期待していた。
でも塔屋先輩は、何も答えなかった。
それどころか、現実に引き戻されたような、悲しい顔をしていた。
たまらずに私はその場から駆け出した。
バカ、みたいだ。
塔屋先輩は、私のことを人間とも思っていなかったのだ。
最低な、オタク野郎だったのだ。
どうして……。
どうしてなのだろう——。
オタクはいつだって、私からすべてを、奪い取る。
家族との幸せな時間も……恋心も、処女も……大事なものを——すべて。
それから一向に、塔屋先輩が追いかけてくる気配はなかった。
私は息を切らしながら、廊下の途中で、立ち止まった。
「……死ねば、いいのに」
塔屋先輩も、引き籠りの気持ち悪い妹も——……みんな、死ねばいいのにと思った。

翌日は、朝から酷《ひど》い豪雨だった。

夜明け頃、私は爆睡している妹の部屋に忍び込み、妹が毎日プレイしているオンラインゲームのセーブデータをすべて消した。ざっと見る限り、二年分のデータだった。

「ふふ」

実際に殺すことはできなくても、こうして心を殺す方法なら、いくらでもあるのだ。

「あー、すっきりした」

我慢していたおしっこを出し切ったときみたいに、そう思った。

妹は大抵、昼の二時過ぎに起きる。私が学校から帰ったら、さぞかし発狂していることだろう。

「ふふふ」

想像すると可笑しくて、授業中も小さく笑いがこぼれた。

そして学校の裏サイトには、一年生が集まり噂話《うわさばなし》をするスレッドに書き込みをした。

〈みんなおはー。昨日の放課後さ、廊下で三年の塔屋先輩の生徒手帳を拾ったんだけど、手帳にアニメのキャラクターの切り抜きが挟まっていたの。確か塔屋先輩って、二年の七瀬《ななせ》先輩と付き合っていたよね？　そのキャラクターと、七瀬先輩の髪色が一緒だったんだけど……あの髪色にしたのって、塔屋先輩と付き合ってからだよね？　まさか、塔屋先輩が指示したとか？　塔屋先輩が七瀬先輩をキャラクターに見立てたこと、先輩は知っているのかな……〉

生徒手帳を拾ったことだけは、事実だった。昨日、図書室で拾っていたのだけれど、返すのを忘れていたのだ。アニメの切り抜きが挟まっている、というのは捏造《ねつぞう》したけど、コンピュータ室で印刷して挟んでおけばいい。先輩がオタクであることは事実なのだから、きっと喜んでくれるだろう。

噂は、昼になるまでには、一年生から、私のいる二年生のクラスまで、面白いくらい簡単に拡散していった。

「ねえ蛍ちゃん、大丈夫？」

噂を聞きつけたクラスメイトが次々と、心配そうに声をかけにくる。

別に演技だった訳じゃないけど、私が悲壮な顔をしていたせいもあるだろう。

「私……先輩がオタクだったなんて、知らなかったの……」

「自分がオタクなの隠して付き合うなんて、塔屋先輩って最低だね」

「ねえ。自分の趣味で、こんな派手な色に染めさせるなんて。蛍ちゃんの大事な髪だったのに」

「染めなおすんだよね？」

「ううん……また染めると痛むから、しばらく、このままにするね……。それに私、あの時、塔屋先輩が、この色にしてくれって頼んでくれたこと、ほんとうにうれしかったから」

その時、偶然廊下を通りがかった塔屋先輩にちょうど聞こえるような声量で私は言った。

「蛍ちゃん、なんて健気なの……オタク許せない！」

平気で教室の前を歩くくらいだから、噂は三年生にまで到達していないのかもしれない。でもきっとすぐに伝わるだろう。そうしたら塔屋先輩が周囲から白い目で見られるのは時間の問題だ。それでなくても、都心に聳《そび》え立つ、東京の嫌な成分をたっぷり含んだこの学校では、地味でオタクというだけでも、すぐにいじめの標的にされる。

そして塔屋先輩にだけは、私の仕業だとわかるはずだ。でも、それでいい。塔屋先輩は、私が犯人だと言い張れる立場なんかじゃない。思う存分、自分の過ちを後悔すればいいと思った。

ああ、そうだ。

今頃家では鈴も、一瞬でデータが消えてしまうゲームなどに、青春を捧げていたことを、悔やんでいるはずだった。

ああ、もっとはやくこうすればよかった。

これで、やっと家族に、平和が戻る——。

激しい雨の中、私は開いた傘をくるくると回し、鼻歌を口ずさみ、スキップをしながら、帰路を歩いた。


家に帰ると――なぜだか異常なくらい、静まり返っていた。

雨の音しか、聴こえてこない。

あまりのショックで、生きる希望さえも失ってしまったのだろうか？

私はわくわくしながら、妹の部屋を覗《のぞ》いた。


「……え？」

部屋の中央に、赤い海が広がっているのが見えた。

海は生きているみたいに、じわじわと、床を這《は》っていた。

――その海の中で、母が、溺れていた。

きっと鈴のために作って持ってきたのだろうおにぎりが散らばり赤く染まっていた。

身につけている花柄のエプロンは、私が母の日にあげたものだ。

そして、いつも眺めていた背中には、ご飯を作るときに使っていた花のモチーフが柄に描かれた包丁が、突き刺さっていた。

「ママ……？　ママ……！」

私は青ざめながら母に駆け寄り、体を揺すった。

母は、何も答えなかった。おそらく数時間前には息絶えていた。

部屋の奥では、鈴が苛立《いらだ》ちながら、削除したはずのオンラインゲームをプレイしていた。

「ねえ……ママのこと……刺したの」

私は、おそるおそる、問うた。

「うん。こいつ私のセーブデータ、勝手に消したからさ」

鈴は平然と、そう言い放った。

「はああ、本当にクソだりいわ。また一からやり直さなきゃだし。ああああ、マジで家族ってうぜえ！」


私は一旦、その部屋から出て、自分の部屋へ戻った。

怒りと恐怖と悲しみに震えがとまらない手で、１１０を押した。

「悪魔がいます。母を刺し殺しました。つかまえてください。住所は——」


数十分後、サイレンの音が近付き警官が数人やってきて、鈴はあっけなく逮捕された。

「なんでだよおおおおおおおおお。あいつが、私の命よりも大事なデータを消したから悪いんだろうがあああああ」

滑稽なくらい、絶叫していた。

こんなやつが更生されることはないだろう。

だけど。未成年というだけで、法に守られ、死刑になることはない。

近所や学校に、事件のことはすぐ広まり、もうその地域にはいられなくなった。

いわくつきになってしまい買い手がつかない家をそのままに、父と私は、郊外に新しく部屋を借りて引っ越し、二人暮らしをはじめた。

「蛍とふたり暮らしなんて、新鮮だな。今日は、フレッシュネスバーガーだな」

「ふふ、なにそれ」

父は、心配になるくらい落ち込んだそぶりを見せず、ちっとも面白くはなかったけどユーモアたっぷりで、変わらずにやさしかった。

以前、勤めていたのは名の通った企業の営業職だったから、辞めざるを得なかったのだと思う。新しく就いた仕事先はカップ麺を作る工場だった。

築いてきた地位を失い、一からのスタートできっと辛《つら》いはずなのに、父は文句ひとつ言わず、きちんと毎日職場へ行き、家事をこなし、私の面倒を見てくれた。

でも料理だけは絶望的に下手で、私が作ってあげたかったけれど、母に突き刺さっていた包丁がフラッシュバックして、もう台所に立つことはできなかった。

だから毎日、私たちは、ハンバーガーや、コンビニで買ったものばかり食べていた。

そんな日々の中、父が一度だけ、京都旅行に連れていってくれたことがあった。ようやく前の家が売れて、まとまったお金が入ったからだった。

「蛍は、京都の病院で生まれたんだよ」

平安神宮《へいあんじんぐう》の大きな朱《あか》い鳥居の下で、父は言った。

「そうだったんだ」

両親は二人とも東京生まれなのに、なぜだろうという疑問は、その時には生まれなかった。

ただ父と出かけている時間が、本当に楽しくて、ずっと続いてほしいと思った。

それから一年ほどして、父は突然、色んな生物を飼いはじめた。

中でもデュビアが、お気に入りだった。

もともとは、飼っていたカメレオンの餌として、増やしはじめたものだった。

「ほら、蛍。可愛いだろう。こいつらは、感情がないんだ。感情がないのに、頑張って生きてるんだ。すごいよな」

父は夜になると、自分に言い聞かせるように繰り返しそう言った。

「すごいね。可愛いね」

気持ち悪かったけど、私はそう返事をした。

父の元気が、空元気であることはわかっていた。父が限界なことも。だから、父が楽しいと思うことを優先したかった。

それに父と一緒に世話をしているうち『風の谷のナウシカ』に出てくるオームみたいで、だんだん可愛く思えてきた。

私は父と一緒に居られるなら、なんだってよかった。汚くて、ゴキブリまみれの部屋だって、平気だった。


でも、父との生活は、長く続かなかった。

夜、お風呂から上がったあと、髪も乾かさずに、父が買ってきてくれた柊木沢エルさんの新刊を夢中で読んでいると、突然、父が言ったのだ。

「蛍。お前の本当のママは、その本を書いた人だ」

「……え？」

いったい、何を言いだすのだろう。

私のママは、もう死んだよ。そう言いかかって、呑《の》み込んだ。

「柊木沢さんは、今の蛍くらいの歳《とし》の頃に、蛍を出産したんだ。その日生まれた赤ちゃんの中で、いちばん可愛くて、まるで、暗闇の中の蛍みたいに光ってて、だから、蛍って名前をつけたそうだ。でも親御さんからの強烈な反対もあって、当時の彼女は一人ではとても育てられなくて、彼女は泣く泣く、蛍を里子に出したんだ」

父はまるで絵本を読み聞かせるように、いっきにそう語った。

「……待って、パパ。どういう、こと……？」

状況が、呑み込めなかった。

「パパとママは、なかなか子供ができなかったんだ。だから、蛍を養子にもらったんだ」

「……私は……パパとママの、本当の子供じゃないってこと……？」

「そうだよ」

「……なんで今、そんな話を、するの……？　私と一緒に住むのが、嫌になったの……？」

「違うよ。蛍だけが……、パパの光だ。パパとママにとって、蛍は、生きる光だった。蛍さえいればよかった。こうなったのは……、どうしても本当の子供を欲しがったパパたちのせいだ……。蛍……ママがあんなことになって……本当に、すまない」

それから父は、子供のように、私の膝の上で泣き崩れた。

「うう……ママ……ママ……会いたいよ……」

パパの頭を撫でながら、私も一晩中泣いた。

自分が鈴のセーブデータを消したせいで、母が殺されたことを、どうしても父には言えなかった。

気付いたら、眠ってしまっていた。

目が醒《さ》めたら父は、いなくなっていた。

もう二度と帰ってこないのだとわかった。家を売ったお金がぜんぶ、残されていたから。

From: hotaru nanase
Re: 私たちの黒歴史

もう何度も読み返している生物の教科書を、一文字一文字、人差し指でなぞる。

もうこれは、眠るまえの習慣になってしまっている。

教科書をなぞるたびに、体の隅々までに染み込んでしまったかなしいという感情が少しずつ、心のなかに押し戻されていく。

消えてしまいたいと思うくらいに感情が高まったときでも、教科書は、とても冷静に理論的に、私はただの、タンパク質や水や脂肪や炭水化物からなる生物で、ただの細胞の集合体なのだと教えてくれた。

感情なんて、ラムネのなかのビー玉みたいにあってもなくてもいいもので、生きるためだけに私たちは生きているのだと、そう思わせてくれた。

あれから私は住み慣れた東京を離れ、京都で一人暮らしをはじめた。

この地を選んだのは、自分が生まれた場所でもあるし、父が京都旅行へ連れて行ってくれた日、何もかも忘れて、楽しい気持ちになれた場所だったから。

それに、ここでは誰も事件のことを知らない。

妹は未成年だから、名前も公表されていない。

一から、人生をやり直せるかもしれないと思った。

だから私が、この高校に転校して生物部に入りたかったのは——純粋に生物の世話をしたかったからに他ならない。

また、父との思い出を飼いたいと思ったのだ。

「蛍《ほたる》ちゃん、部活はどこに入るの？」

クラスメイトにそう訊《き》かれた際も、迷いなく「生物部かな」と答えた。それ以外、選択肢はなかった。

するとクラスメイトは、怪訝《けげん》な顔をして言った。

「え……あそこ、オタクの巣窟だよ」

……——まただ。と思った。

「へえ……、そうなんだ」

まだ見たこともないオタクたちの顔を思い浮かべ、ふつふつと、許せない気持ちが心に湧きあがってくるのを感じた。

だって、オタクという生物は、いつだって私の些細《ささい》な幸せを妨げるのだ。

「オタクって、なんか嫌だよね」

「うん、死んでほしい」

無意識にそう、呟《つぶや》いていた。

「——え？」

「あ、ごめん。芯が欲しいなって思って、シャーペンの」

そう微笑んだときには、私はもう、とても自然に、自分の世界から——オタクを排除しようと決めていたのだと思う。

でも、あからさまな嫌がらせは、思いもよらぬ逆上に繋《つな》がると、知っていた。

「あ、そうだ。皆はケータイ持ってる？　メアド、交換しようよ」

だから私は——、彼女たちと親友になるふりをして、絶望を与えることにしたのだ。


五十嵐雪《いがらしゆき》について、その生態を詳しく知ったのは、転校してきてから二週間後の朝だった。

「蛍ちゃんー、今日の放課後さ、五十嵐誘って、カラオケ行こうよ」

東京から来た私にとって、未だにルーズソックスを履いたギャルたちは、正直時代遅れでしかなかった。東京でイケてる子はみんな、EASTBOYやPLAYBOYの紺ソックスを履いている。

当然私も履いていた。東京では無名のブランドなんて履いているだけで、グループに寄せてもらえないくらいだ。

「なんで、雪なの？」

私は首を傾《かし》げた。

同じクラスだが、雪はどう考えてもカースト底辺の生徒であり、ギャルたちから誘われるような、陽気なデブキャラでもない。

「あの子さ、めっちゃ豪邸住んでて、お金持ちやから、いくらでも金出してくれんねん」

「へえ、そうなんだあ……」

すぐにピンときた。お金持ちだから、甘やかされて、あんな豚みたいに太っているのだと。

雪のあのだらしない体つきを見ていると、嫌でも妹の鈴《りん》ことを思いだした。

母が心を込めて作った手料理を残し、お菓子ばかり食べていたあの、醜い姿を。

「うーん……でも、そういうのって、よくないと思うよ」

カツアゲなんていうダサい遊びに、参加するつもりはなかった。

どうせ奪うのなら、それぞれのいちばん大事なものがいい。そう思った。

だってオタクはいつも、私のいちばん大事なものを——奪うのだから。

昼休み、私は教室から逃げていくように出て行く雪の後を追い、隣に座った。

「ここで一緒に食べてもいい？」

別に、雪とお昼を食べたかったわけじゃない。

どのくらい豪華なお弁当を持ってきているのか、確かめてやろうと思ったのだ。

でも雪の膝に置かれていたのは、庶民的な、いつも母が作ってくれていたような、シンプルなお弁当だった。なつかしさがこみ上げ、思わず、羨ましいと思った。

「そうだ。質問タイムしようよ」

そして、そう提案したのは、雪のことをもっと探るためだった。でも、一方的に質問するのは不自然だから、雪にも権限を与えると、疑うような目でこう訊かれた。

「蛍、は本当にオタク……なん？」

私が――オタクな訳がないだろう。

親友を装うのに、一つくらいは共通点があったほうがいいと感じたから、そう言っただけだ。

東京の高校では、こういう地味なクラスメイトとは、あまり話す機会もなかった。わざわざそうする必要性も感じなかったし、自分と同じレベルの女の子と群れるのが自然だった。

「両親は、死んじゃったの」

それから私は演技のように言った。わざわざ告げたのは、同情を引くためだったのもあるし、オタクに対する恨みでもあった。

「……よかったら、うちのお弁当……食べる？」

すると雪は、私にお弁当をくれたのだ。

早弁用に、持ってきているのだろうか。

「どうして二つあるの？」

訊《たず》ねると、雪は言いにくそうに、答えた。

「ママがいつも二つ作ってくれるから」

やっぱり、そうだった。

こうして、無駄に甘やかすから――まるまると太った悪魔が生まれるのだ。

苛立《いらだ》ちはしたものの、お弁当をもらえたことは、素直にうれしかった。母が死んでから、まともなごはんを食べるのは、久しぶりだった。

小さい頃、母と一緒に料理をするのが好きだった。ハンバーグをこねたり、ギョーザを包んだり、そんな何気ない日常が、私のすべてだった。

それから雪がダイエットをしているからと、いつもお弁当を分けてくれるので、お昼休みは必然的に雪と過ごすようになってしまった。

そしてある日のことだ。お弁当に冷凍のグラタンが入っていた。

それは母がいつも入れてくれていたものと同じ食品メーカーのものだった。

底にパンダのイラストと、占いがついている。占いには、〈ともだちのそうだんにのるといいことがあるかも〉と書かれてあった。

「久しぶりに食べたけど、おいしいね。幸せの味がする」

「幸せの味？」

「うん、幸せの味」

もしかしたら雪が頼んでくれたのだろうか。

皮肉なことに――親友を装うために、こうしてわざと雪と話しているうちに、オタクにもまともな奴はいるのかもしれないと、私はそう感じはじめていた。嘘塗《うそまみ》れの女子グループに属している女の子たちより、カースト底辺にいる女の子のほうが、心がきれいなのではないかと、そんなふうに考えはじめていたくらいだった。

でもそれは――大きな間違いだった。

「ねえ雪、ずっと気になっていたんだけど……、早弁用に一つ余計に持って来ているのに、いつも私がもらってもいいの？　ダイエットしているなら、家の人にそう言えばいいんじゃないの？」

「ごめん……」

　その時点で、嫌な予感がした。

「なんで、謝るの？」

「ダイエットしてるって言ったけど、あれは嘘……。本当は、死んだ姉の分やねん……」

　――……は？

「……どういう、こと？」

　それから雪は、双子の姉について話しはじめた。

　雪は終始自分が被害者のように話したが、赤信号になるとわかって手招いた――ということは、つまり姉のことを、雪が殺したということになるのではないかと思った。そして今、姉の分まで生きることが辛《つら》いのだと嘆く。ただの因果応報なのに。自分は生き残ったのに。

　箸を摑《つか》んでいる手が、怒りに震えた。

　――やっぱり、オタクというのは、こういう生物なのだと確信した。一人残らず、自分本位でおかしいのだと。

「今日……雪のお家に、お邪魔してもいい？」

　制裁を下すときが、きたと思った。

雪の母は、太ってはいないものの、笑いそうになるくらい、雪に似ていた。

見るからに、親子だなという感じだった。

双子の姉について話を聞いたときから想像はついていたけれど、雪の母が、私のことを気に入るのに時間はかからなかった。

おそらく雪の母は、自分の容姿に対するコンプレックスを、美しい娘を持つことで、補っていたのだろう。雪を無視することで自分が美しくない存在だということを、忘れたかったのだろう。娘が死んでからは、理不尽に雪を太らせることで、自分のほうがマシだと感じたかったのかもしれない。

なんて、酷《ひど》い親なのだろうと思った。

でも雪は、この毒親に愛されたくて、必死だった。

だから私は――雪から、親を奪おうと決めた。


――そして誕生日の夜、雪の母は言った。

「蛍ちゃんさえ、よかったらなんだけどね……養子縁組をして……あなたを、引き取れたらなって、思っているの………」

信じられないくらい、制裁は順調に進んでしまった。

まさか、養子縁組の話が出てくるとは想像もしていなかったが。

「雪……どうしよう。私たち、本当の姉妹になれるの……？　夢みたい」

流石《さすが》に戸惑ったが――もしかしたらこのまま、天涯孤独として過ごすより、この家の養子になるほうが幸せかもしれないとも、感じた。

手の込んだご飯を用意してもらえるし、豪邸に住める。

欲しいものは、なんでも買ってもらえるだろう。

お金の心配も、もうしなくていい。

劣等感から姉を殺した雪を、軽蔑する気持ちは変わらないけれど、妹のように迷惑をかけるわけでもない。正式に姉妹になったとしても、適当に対応するか、嫌になったら無視すればいい。

そう考えていると、雪が言った。

「蛍と姉妹になるなんて……絶対に嫌や」

――は？

それは、こっちのセリフだった。

どうしてオタクというのは、こうやって追い詰められると、すぐに逆上するのだろう。

「雪ちゃんは……、蛍ちゃんが可哀想だと思わないの……？」

「じゃあ、うちのことは……可哀想だと思わへんの……？」

目の前で繰り広げられる下らない親子喧嘩に、興ざめしてくる。

やっぱり私は、こんな——……愛のない家族なんて、いらない。

二度とこの家には来ないつもりで、私はその場から逃げ去った。

親子の関係はもう、崩壊したはずだ。

雪への制裁はこれで十分だろう。

「はあ……疲れた」

せっかくの誕生日だというのに、なんだか消化不良で終わってしまった感じがした。

去年は父がコンビニで、何種類ものチーズが入ったグラタンを買ってきてくれた。

「蛍、誕生日、おめでとう。ママの特製グラタンじゃないけど……一緒に食べよう」

「うん、ありがとうパパ」

今日、雪の母が作ってくれたウニグラタンは、コンビニのグラタンよりずっと美味しかったけれど、でも、違った。

幸せの味じゃなかった。

奪われた幸せはもう、帰ってこない。

だから――、奪い返すしかないんだ。

薄暗い夜道を歩きながら、私は大川桜《おおかわさくら》の恋人にメールを送った。

2007/06/11 20:00
Sub: ナデシコです。
　突然ごめんね。
　実は……今日、誕生日なの。
　だから今から会いたいんだけど、どうかな？
　（あとメアド変わりました！）

　一度だけだが、桜に秘密で彼女のゲーム上の恋人であるリイ君と新京極《しんきょうごく》へ出かけたとき（その約束は、スタバで桜がお手洗いに行った隙に取り付けたものだ）、「あのね。ケータイ水没して、復活したんだけどデータ飛んじゃって。メアドもう一回教えてくれる？」と、メールアドレスを訊いておいてよかった。
　まさか制裁を下すのが、今日になるなんて思っていなかったけれど、これもあいつの運命だ。

私が——いちばん許せなかったのが、大川桜だった。

いつも部室のパソコンを占領して、魔法世界《マジカルワールド》とかいうオンラインゲームに熱中していた。

その姿を見るたび、息絶えた母の傍《そば》でもなお、指を噛《か》み、膝を小刻みに揺らしながらゲームをしていた悪魔の姿を思い出した。

無性に腹が立って、バレンタインには、デュビアを一匹くだいて混ぜて（デュビアには申し訳なかったけれど）、固めたチョコをプレゼントした。

「桜のために、作ったんだよ」

「そうなんですか……ありがとう」

デュビアはチョコレートと同じ色をしているからだろう、桜はまるで気が付かなかった。ポリポリと、美味しそうに食べていた。


そして三年生に上がった春のこと。

舞い散る桜の美しさとは対照的に、大川桜の心が、救えないほどに穢《けが》れていることが判明した。

「もしかして、ナデシコ……さん、ですか？」

「えっと……人違いじゃないですか？」

「え……でも毎日、魔法世界で会っていますよね。だって俺たち、コイビト……でしょ？」

あろうことか、大川桜はオンラインゲームで作った恋人に、自分の姿だと偽って、私のプリ画像を勝手に送っていたのだ。

私が、慈悲の気持ちで撮ってやったプリクラを悪用するとは――、夢にも思わなかった。

ここまでくると、もはや犯罪行為といってもいいだろう。

想像以上の狂わしい思考回路に、本当は、今すぐその場で、どうにかしてやりたい気持ちでいっぱいだった。

でも――そんなの、甘い。

……制裁するのは、今じゃない。

私はあの時、煮えたぎる怒りをどうにか抑えながら、完璧な笑顔を作った。

「もしよかったら、私が桜……じゃなくてナデシコ？　のふりを、してあげようか？」

絶対に――――許さない。

〈もちろん！　今日が誕生日なんだね。おめでとう。メアドが変わってたんだね。俺もナデシコちゃんに伝えたいことがあるんだ……〉

大川桜の恋人――リイ君（とか呼ぶのも、気味が悪いけれど）からは、すぐに返事がきた。

愛の告白とやらをしてくるつもりなのだろうことは、わかりきっている。

お頭《つむ》の気楽さに呆《あき》れながらも、〈私の家に来て。鍵あけとくね〉と、住所を送った。

至れり尽くせりの誕生日会で疲れて、もう今から、どこかに出かける元気はなかった。

普通にイケメンだからなのか、リイ君からは不思議なくらいオタク臭が漂ってこない。

だから、家に呼んでもいいと思ってしまった。

告白の返事をするためなんかじゃない。

どれだけ美しい顔をしていたとしても、やさしくても、私がこの世で最も憎んでいるゲームオタクを好きになるはずがなかった。

ただ私は――現実を、教えてあげようと思ったのだ。

ナデシコの、正体を。

2007/06/11 20:28
From: 七瀬蛍
Sub: Re:Re:Re:
　こちらこそ。

　ずっと、親友だからね。


ふん。

お前みたいな最低なオタクと――親友なわけが、ないだろう。

心の中で毒吐きながら、私は大川桜から届いたメールに、そう返信した。

――お前は今から、地獄に落ちるのだ。

オタクであることを、罪を犯したことを、心から後悔すればいい。

「ふふふ」

リイ君はどんな顔をするだろう。

はやくその顔が見たかった。


「ナデシコちゃん、ごめん、待ったよね？」

でも。なぜなのだろう。

その後三十分後――部屋にやって来たのは、巨漢で汗だくになった男だった。

「……え……だ、誰っ」

いきなり知らない人が部屋にずかずかと入ってきて、恐怖に怯《おび》えながら、私は言った。

「あれ？　なんだか声が、いつもと違うね。それに喋《しゃべ》り方も。でもそのドレス……本当のナデシコちゃんみたいだ。俺のために、着てくれたのかな？　メイクも、すごくかわいいね」

キモオタという言葉を具現化したような男は興奮している様子で、かろうじて聞き取れるくらいの早口で言った。

依然として、状況が呑《の》み込めなかった。

どうして見ず知らずの男が、突然家に押し入ってくるのか。

気が付かなかったけれど、ストーカーにでも狙われていたのだろうか。

だけど——開口一番、男は、ナデシコちゃん、と私のことを呼んだ。

「え……だから、誰っ？」

嫌な予感しか、しなかった。

「えーっ。何言ってるの、ナデシコちゃん。俺だよ。リイ君だよ」

「…………」

あの時、鈴が母を刺した現場を見たときもそうだった。

人は、あまりの恐怖に陥ると、動けなくなってしまう。

「あ、そうか。今までは、弟が会ってたんだもんね。でも、信じられないかもしれないけど、俺が本物のリイ君なんだ。騙《だま》したみたいで、ごめんね……。俺、ナデシコちゃんに、どうしても嫌われたくなかったんだ。でも……ナデシコちゃんなら、こんな俺を見ても、嫌いになったりしないよね……？」

神様……——助けて。

少しずつ、部屋の隅へ後退りながら、普段は信じていないその存在に、祈ることしかできなかった。

相手も、偽の写真を送ってきていたなんて。

やっぱり、オタクというのは——……どいつもこいつも——こうも狂わしいのだろう。

キモオタがどすどすと足音を立てて、こちらに近づいてきた。

「いや!!」

私は思わず叫んだ。

「どうして……ナデシコちゃん。俺だよ？　リイ君だよ」

顔に似合わないその声に、鳥肌が立った。手足が震えて、止まらない。

「気持ち悪い……」

心の底から、そう呟いていた。

「気持ち、悪い……？」

キモオタが口元だけで笑いながら、泣き出しそうな声を出す。

どう考えても、泣きたいのは、こっちだった。

「自分で、わからないの……？　気持ち悪いよ。死んでほしいよ。キモオタは、死ねよ！」

恐れながらも、あふれて来る感情に勝てずに、私は鈴を怒鳴りつけたときのように大声を上げていた。

「じゃあさ……一緒に死んでくれないかな？　俺ね、ずっとナデシコちゃんに、一緒に死んでほしいって思っていたんだ。現実世界はもううんざりだし、ナデシコちゃんと一緒なら、本当の魔法世界へ行けるって、そう思うんだよ」

「え………」

狂っている。本当に狂っている。

あまりの恐怖からなのだろうか、尿意なんて全然なかったのに、その場で失禁していた。

涙があふれてくる。

どうして。

どうして私だけ、こんなに目に遭わなければいけないのだろう。

「ほら、持ってきたんだよ。睡眠薬も。一緒に飲もうよ。魔法の世界に行こうよ。でも、その前に……一度くらい、愛し合ってもいいよね……？　いつも電話越しに、君が一人エッチしてたのも、知ってるんだよ……。だって俺もしてたんだから……」

ゴキブリみたいにぬめりとした手で、そっと手を掴まれる。

「いやああああああ」

私は跳ねあがり、自分でも驚くような強い力で手を振り払うと、咄嗟《とっさ》に台所の引き出しの奥にしまっていた包丁を取り出した。これはもちろん、料理をするために買っていたんじゃない。

私はいつかこれで、女子少年院を退院した鈴を、殺そうと思っていたのだ。

「お願い…………死んで」

ずっと後悔していた。

あの時、セーブデータを消すのではなく、最初からこうしてやればよかった。

そうしたら、母は死なずにすんだ。

妹を殺した私は、少年法に守られ、出所したらまた、家族みんなで一緒に暮らせたはずだ。

「……お前さえいなければ…………みんな幸せだった………！」


その後の記憶は、ない。

ただ包丁は、キモオタの心臓を貫いていた。

キモオタはぴくぴく何回か跳ねて、動かなくなった。

「はっ、はっ……」

息が、できなかった。

私は、その場にへたり込んで、さっきまで生きていた死肉を見つめた。

「うわあああああああ」

なんでいつも――こうなってしまうんだろう。

なんでいつも――オタクは私の人生を、不幸にするのだろう。

2007/06/11 21:30
From: 七瀬蛍
Sub: not title
　お願い……
助けて……
助けて……
お願い、栞《しおり》……

2007/06/11
From: shiori nekoi
Re: 永遠の親友へ

「ねえ栞《しおり》、知ってる？　死ぬときって、体重が二十一グラム、減るらしいの。それって、魂の重さなんだって。この子、一匹くらいなのかな？」

蛍《ほたる》がデュビアを撫《な》でながら、楽しそうに話しています。こんなふうに蛍は時々、私に返事を求めることなく、話しかけて、そして笑ってくれるのです。

その日、学校は創立記念日で休みでしたが、お昼頃から蛍と二人、生き物の世話をしていました。蛍がデュビアを餌としてあげるようになってから、アロたんの鱗《うろこ》は一層艶めくようになりました。

「今日ね、夕方から雪《ゆき》の家で、誕生日パーティーがあるけど、それまで暇なの」

それを聞いて、五十嵐《いがらし》は最近ぱたりと部活に来なくなったけれど、蛍と仲良くしているのだと思い、私は密《ひそ》かに安心しました。

なんだかこの頃……というより少し前から、五十嵐と大川《おおかわ》の蛍を見る目が、憧れとは違う、何か不穏なものに変わっているような気がしていたのです。

でも、気のせいだったのでしょう。

だって蛍ほど、素晴らしい女の子はいないのですから。

〈お誕生日おめでとうございます。蛍にとって、いい日になりますように〉

部室に来てからずっと、なんだか気恥ずかしくて言い出すタイミングに迷っていましたが、誕生日の話が切り出されたので、私はようやくノートに書いて、蛍に見せました。

「ありがとう」と、蛍は笑ってくれました。


そして——蛍のケータイが鳴ったのは、蛍が帰り支度をはじめていたときでした。

「03って、東京からだ……」

表示されている電話番号を見て、蛍は何かを察知した様子で、少し慌てながら応答を押しました。

相手の声は聴こえませんでしたが、蛍の返事だけで、それが何の電話だったのかは、すぐにわかりました。

「ねえ……どうしよう——、受賞したって」

電話を切ったあと、蛍は少し、放心しながら言いました。

受賞と訊《き》いて、手が震えるのがわかりました。

「『君の皮膚になる』が……受賞作だって！　柊木沢《ひいらぎざわ》エルさんが絶賛していたって……！」

蛍はまるで少女のように喜びながら、私の手をとって、興奮気味に伝えました。

春が来て、蕾《つぼみ》だった花がいっせいに咲き乱れるように、私の心にも、とてつもなく、うれしい気持ちが広がりました。

だって、私の小説が評価されたのです。

それも、柊木沢エルが――母が絶賛していたというのです。

「でも、どうしよう。私が授賞式に行くべきだよね……？　だって、七瀬《ななせ》蛍の名前で出したんだもの。栞が行ったらおかしいよね」

蛍の言う通りでした。

蛍の名前で応募したのだから、私が授賞式に行くことはできませんし（どのみち、行けませんが）、もう私が原稿を書いたと言っても、誰も信じてはくれないでしょう。

それに蛍のような美少女の高校生が受賞したとなったら、絶対に話題になり、私が出版するよりもはるかに本は売れるでしょう。

〈次の作品を書くときは、どうするのですか〉

それなのに何だか、少しだけもやもやしたものを感じながら、私はノートに書きました。本が売れたら、次の作品の依頼が必ずくるはずです。

「それは、栞が……書き続ければいいと思うの。だってあのとき、小説家にはなりたくないって栞はそう書いたけど、ほんとうは小説家になりたいんでしょ？　だから、毎日書いていたんでしょ？　何か表立って小説家になれない理由があるんでしょ？」

五月雨式に降ってくる質問を、もう否定することなく私は頷《うなず》きました。やっぱり蛍は、察しがいいのです。

頭の片隅で私はふと、柊木沢エルに会いたいと、焦がれていた蛍の横顔を思い出しました。

「ほらね。だから、私が小説家になって、栞の夢を叶《かな》えてあげる。私ね、栞の才能を、葬りたくないの」

蛍は真剣な面持ちでそう伝え、再び私の手をぎゅっと握りました。

今の一連の流れを要約すると、私が蛍のゴーストライターになる、という意味で間違いはないでしょう。

それは、たぶん不幸に続くことだと、頭ではわかっていたのかもしれません。

でも、大好きな蛍の手に包まれると、私の思考は止まってしまいます。

それに蛍の提案は、夢を叶えるただひとつの方法でした。

だから私は、その提案にまた、頷いてしまいました。

「ねえ。これで私たち、永遠の親友――だね」

その時、私にとって、蛍と永遠の親友になれることは、小説家になるより素晴らしいことなのだと思えました。

――しかし、事態は急変したのです。

2007/06/11 21:30
From: 七瀬蛍
Sub:not title
　お願い……
助けて……
助けて……
お願い、栞……

蛍からメールが来たのは、その日の夜でした。今日は確か、泊まりで五十嵐の家の誕生日パーティーに行っているはずでした。
一体、何があったのでしょう。
何かとてつもなく、嫌な予感がしました。

2007/06/11 21:33
From: 猫井《ねこい》栞
Sub: Re:
どうしたんですか?

私はすぐにメールを返しました。

2007/06/11 21:35
From: 七瀬蛍
Sub: Re:Re:
家にいるの
お願い
すぐ来て
助けて
怖いよ

チャイムは鳴らさないで……


メールだけでは、何があったのか、まったくわかりませんでした。

何か、ただならぬ様子であるのは確かでした。

とにかく、行くしかありません。

だって蛍が――他の誰でもない私に、助けを求めているのです。

蛍のゴーストライターになることが決まったあと、原稿を届けられるようにと、蛍はちょうど、住所を教えてくれたところでした。

母は眠っているから、今から出かけても何も言わないでしょう。

私はパジャマから制服に着替え（制服くらいしか、まともな服がないのです）、蛍のもとへと全力で自転車を漕ぎ、駆けつけました。

二十分ほどで、蛍の家に着きました。

指定された通り、チャイムは鳴らさず、ドアを静かに開けました。

鍵はかかっていませんでした。

息を調えながら、おそるおそる部屋を見渡すと、そこには震えながら泣いている蛍と――想像を絶する惨状が、広がっていました。

〈何があったんですか〉

私は泣きじゃくる蛍に駆け寄ると、いそいでいつもの筆談ノートを開いて、書きました。

どうしてこんなことになったのか――……想像もつきませんでした。

でも――ただ一つ、包丁が胸に突き刺さったまま転がっている巨体の男を、蛍が殺したことは、言い逃れできないような現場でした。

「栞……栞っ……どうしよう……こわい、こわいよっ……」

蛍は震えながら言い、私にしがみつきました。

「いやだ……いやだ……！　鈴《りん》と同じところに入るなんて……絶対にいやだあああ」

何もわからないまま、私は蛍を抱きしめました。

蛍は錯乱状態でした。

鈴というのはなんのことでしょう。

そしてこの男は、ストーカーか変質者でしょうか。後でもつけられて、家に押し掛けられ、犯されそうになって、こうなってしまったのかもしれません。それくらいしか、思いつきませんでした。

〈この人は、誰ですか〉

状況を把握するべく、私はどうにか冷静さを保ちながらノートに書きました。

「……桜《さくら》の、恋人……」

蛍はやっと、か細い声で、答えてくれました。

大川に恋人がいたこともはじめて知りましたが、どうして大川の恋人が、蛍の家にいるのでしょう。どうでもいいことではありますが、大川はこの男のどこが好きだったのでしょう。

「私……私、こんなことに、なるなんて……どうしよう、どうしよう……栞……私、鈴と同じところにだけは行きたくないよおおおお……」

私は蛍の背中をさすりながら、頭をフル回転させていました。

もし襲われそうになって、この男を蛍が殺したとするなら――正当防衛になるのではと思いました。

が、蛍の様子からは、どうやらそうではないのだろうことが、窺《うかが》えました。

もしかしたらですが、蛍がこの男を呼び寄せたのかもしれません。否、きっとそうなのでしょう。

〈鈴って、誰ですか〉

喋《しゃべ》れないのがもどかしくて、仕方がありません。

「私……私の妹……オ、オタクだったの……」

少し落ち着いてきたのでしょうか、蛍はようやく、途切れ途切れに話しはじめました。

「ずっと……家で、ゲーム、してて……家族に、迷惑、かけて……私がデータを消したら、鈴は、ママがやったと思って、ママを、刺したの……。学校から帰ってきたら、死んでいたの……。私、ママが、大好きだったのに……。私のせいで、殺されたの……。鈴は逮捕されて……私、あの子と一緒のところにいくのだけは嫌だよお……」

蛍の過去は、断片的な情報で、あまり深くは理解できませんでした。

でも蛍が、私よりもっと不幸を感じて生きてきたのだということだけは、伝わりました。

そして私はゆっくりと深呼吸をしたあと、何か夢が叶ったような気持ちで、ノートにこう書きました。

〈私が、蛍になる〉

蛍は首を傾《かし》げました。

「……どう、いう、こと……？」

〈私が今から、蛍として、自殺します。

蛍は、私として生きてください。

私たちの体型は似ています。

髪を黒く染めて、長い前髪で顔を隠し、右頬と口を半分焼けば、バレないでしょう。

そしたら、蛍が捕まることはない。〉

「それって……私の身代わりに……死ぬって、こと……？」

震える声で、蛍は訊《たず》ねました。

私は深く、頷きました。

「なんで……なんで……そんなこと……してくれるの？　私は……栞の気持ちを、才能を、利用してたんだよ……。はじめて栞の小説を読んだとき、悔しかった。すごかった。私の小説なんて、全然、才能がないんだって、わかった。だから栞から、小説を……奪おうとしたのに……。賢い栞なら……それくらい、わかっていたでしょ？　ねえ……なんでなの」

ぽろぽろと蛍が流す、雪の結晶みたいにきれいな涙が、ノートを濡《ぬ》らします。

「え、い、え、ん、の、親友、だ、か、ら」

ゆっくりと口を開き、私は声にならない声で言いました。

一度くらい、声に出して言ってみたかったのです。

——親友。と。

今まで、私にくれたやさしさが偽りだったとしても。

あの日、蛍は私に話しかけてくれました。

メールアドレスを訊いてくれました。

私の小説を、すごいと言ってくれました。

親友だと、言ってくれました。

——私は蛍が大好きでした。

それに、はじめて見たときから、私は蛍になりたいと、そう思っていました。

私がいつも執筆に使っているノートパソコンは、父が「栞に持っていてほしい」と言って、形見としてくれたものです。そして私は去年、丁度蛍が飛びはじめる頃、パソコンの画像フォルダの中に隠されるように迷い込んでいた『栞』というフォルダに入っていた日記を読んでしまったのです。もしかしたら父は、これを私に読んで欲しかったのかもしれません。

私のために、小説を書いてくれていたことを知りました。

それだけは、すごくうれしかった。

けれどやはり軽蔑に値するくらいに、父は自分よがりで、最低な人だということも思い知らされました。

柊木沢エルの正体を知って、私はショックでした。

小説というのは、本当に心が美しい人は、書けないのかもしれないと、そう思いました。根深い毒を持っているからこそ、本当のやさしさを――希望を描きたくなるのかもしれないと、そう感じました。

そしていちばんショックだったのは、私が、母の本当の子供ではないということです。

私は、父の元妻との子供でした。

本当の母の美月《みつき》さんという人物が素敵な人間だということも、母が最低な女だったことも知りました。

けれど私はどうしても、心底嫌われていても、育ててくれた母のことを、嫌いになれませんでした。

忘れられないのです。

母から愛された日々が、抱きしめられた温もりが。母にとっては嘘《うそ》でも、私にとっては本当でした。

こんな火傷を負わせられても、私は母を心から愛していました。

もう一度、母に愛されたい。それだけが、たった一つの私の願いでした。

そしてあの日。

はじめて蛍を見たとき——衝撃が走ったのは、一瞬、あまりにも美しいからだと錯覚してしまいましたが、違ったのです。

蛍が……見れば見るほど、私の母にそっくりだったからです。

まるで、母の本当の子供みたいでした。

何がどうなっているのかはわかりませんでしたが、そうだとしか考えられませんでした。

だって——、言動や、性格まで似ていたのですから。

私の中で、それはもう、確信に近い答えでした。

だから私は、蛍になりたいのです。

蛍として死んで、蛍として生まれ変わりたいのです。

母の本当の子供に、生まれ変わりたいのです。

そうしたら、無条件に愛してもらえるはずでした。

だからこれは、人助けなんかじゃないのです。

私がもう一度、母に愛されるための、儀式なのです。


「わああああああ」

蛍はしばらく、泣き続けていました。

それが自分の美しさを失ってしまうことへの涙なのか、私が死ぬことに対してなのかはわかりません。

私もいつしか、泣いていました。

——でもずっと、泣いている時間はありません。

この死体を、探している人がいるはずでした。

私は立ち上がり、蛍の手の中から折り畳み式の白いケータイを取り上げると、時代遅れの折りたためない古いケータイを握らせました。

お互いのケータイから、いちばん最近の自分たちの履歴を消しました。

そして、部屋のあらゆるものから蛍の指紋を拭き取り、自分の指紋をつけました。

それから蛍が、余っていたブリーチで髪を染めてくれました。

黒い髪の毛が現場に落ちていたら、おかしいからです。

「この色にしてほしいって、昔ね、付き合っていた人が言ったから染めたんだ。でもそれ、好きなアニメキャラクターに似せるためだったの。結局そいつも、オタクだったの」

何か吹っ切れたように、蛍はちょっと笑いながら言いました。

髪が染まるまでの間、大好きだった家族のことや、付き合っていた人のこと、五十嵐に嘘をつかれたこと、大川に裏切られたこと、小説のこと、飼っていた生物のこと、色んなことを蛍は話してくれました。

それは今から死ぬなんて思えないくらい、私にとって楽しい時間でした。

私は、蛍に憧れて髪を伸ばしていてよかったと心底思いました。

カラー剤と血を流すため、狭い浴室で、お互い全裸になって、抱き合いながらシャワーを浴びたあと、服を交換しました。

蛍が着ていたドレスは、返り血がついていたけれど、昔、少女だった頃に、母が着せてくれた洋服と似ていました。

蛍として出かける前、私は蛍が母に酷《ひど》いことをされないよう（その時、母が柊木沢エルだとは書きませんでした。今はこれ以上蛍を、混乱させたくなかったからです）、家での決まり事などを、ノートに書きつらねました。

あとは、スクールバックに入っているノートパソコンを隅々まで見れば、わかると。

〈蛍のことが、ずっと好きでした〉

それから最後に、そうノートに書きました。それは本当の気持ちでした。

蛍は涙を流しながら無言で頷くと、私の半分焼けた唇に、そっとキスをしてくれました。

ありがとうの代わりだと、わかりました。

それから振り返らずに、外に出ました。

夏の涼しい風が吹いています。

どこかから迷い込んだ一匹の蛍が、その風に乗り、飛んできました。

蛍が、蛍を見たことがないと自己紹介のとき、言っていたことを思い出して、手の中にそっと捕まえました。

そのまま見せに帰りたい衝動に駆られましたが、もう駅に――着いてしまいました。

そろそろ、急行列車がやってきます。

私はホーム横の踏切の前に立ちました。

考えてみれば、私の人生は誰かの嘘だらけだったのかもしれません。

だけど、ひと時でも幸せな時間があったのだから、生まれてきて、よかったと思います。

そして、蛍として死ねることに、感謝しているのです。

2007/06/11 23:58
From: 七瀬蛍
Sub: 蛍へ
　私を殺してくれて、ありがとう

はっとして、最後にタイトルを「永遠の親友へ」に変えました。
打ち終わったとき、電車がそこまでやってきているのが見えました。
送るつもりもないのに、文章を考えていたら、出遅れてしまいました。
私はいそいで、線路へと飛び込みました。
黒いドレスがふわりと浮かび、なんだか光っているように見えました。
強いライトが、私を照らしています。
蛍は――私として生きることを後悔するでしょうか。
でももう遅いのです。
私が今、蛍になったのですから。

2021/06/11
From: hotaru nanase
Re: 蛍《ほたる》へ

「この度は、ご愁傷様でした」

参列者の言葉に、静かに礼をする。

今日は、ひそやかに母の葬儀が行われた。

連絡先がわからなかったのもあるが、母の知り合いは、ほとんど誰も来なかった。

ただ、十五年も新作を出していないのに、死んだという噂《うわさ》を聞きつけて、柊木沢《ひいらぎざわ》エルの根強い作品のファンが、ぽつりぽつりと現れては、花を供えていった。

でもそれは、母に供えられるべき花ではないことも、私はもう知っていた。

柊木沢エルの小説を書いたのは、母ではなかった。栞《しおり》の父だった。

きっと栞は、私の夢を壊したくなかったから、何も言わなかったのかもしれないし、あの短時間で説明するには、単純にややこしかったからかもしれない。

だから私の本当の母が——栞の義母だと知ったのは、栞が私として死んだあとだった。

指示された通り、スクールバッグに入っていたノートパソコンを隅々まで見て、日記を発見したのだ。

そこには、栞の父が身勝手であったことと、母が最低な人物だったことが描かれていた。柊木沢エルの小説を、本当はこんな人が書いたかと思うと、落胆した。栞もきっと、そうだったのだろうと思った。だから、柊木沢エルの小説を読んでいたとき、あんな怪訝《けげん》な表情を浮かべて私を見ていたのだ。

だけど、母が最低な女だと知ったあとでも――、これから本当の母と住めることになるのだと思うと、私はうれしかった。

だってこんな偶然――きっと神様が与えてくれた、奇跡でしかなかった。

とにかくあまり長くここにいる時間はない。私はハンカチを噛《か》みしめ、絶叫しそうになるのを抑えながら、ガスコンロで頬から口にかけて皮膚を焼いた。熱くて、こわくて、味わったこともないくらいの痛みだった。けれど、列車に轢《ひ》かれた栞に比べればなんてことはないのだろう。それから、髪を黒く染めたあと、後ろ髪の一部を前に持ってきて、鼻先までの長い前髪を作り、栞から預かった眼鏡をかけた。

そして痛々しい火傷の上からマスクをつけると、洗面台の鏡に映る私は、栞そのものだった。

栞が乗ってきた自転車を漕いで帰った。

高級そうなベッドの上で、母は眠っていた。

この人が、私を産んでくれたんだ。

この人が、私を「蛍」だと名付けてくれたんだ。

そう思うと、感慨深いものがあった。

見つめていると、私の気配を感じたのだろうか、母がぱちりと目を覚ました。

「……こんな明け方に、帰ってきたっていうの……？」

私が制服を着ているから、出かけていたことを察知したのだろう。そういえば無断で出かけてはいけないとルールに書いてあった。あからさまに不機嫌な声で母は言った。

「は、い」

そうだ。

もう声は、うまく出せないんだ。

「お、か、さ、ん。あ、い、た、か、た」

それでも、お母さんと、呼んでみたかった。会いたかったと、言いたかった。

「……は？」

「わ、た、し」

「ああ、そうか。そんな喋《しゃべ》り方をして、まだ火傷をさせたことを恨んでいるのね？」

なんということだろう。栞の火傷は、母がやったものだったのだ。その光景を想像しただけで、じんわりと涙が頬を伝った。

「……ひ、ど、い」

思わずそう呟《つぶや》くと、母は私の左頬を音が鳴るほどに強く打《ぶ》った。

しかし右頬を自ら焼いたときに比べれば、何も痛くなかった。

「何がよ。酷《ひど》いのは、お前の父親だ。この際だから、全部聞かせてあげましょうか？　私はね、お前の母親なんかじゃないのよ。あの人はお前とお前の本当の母親を捨てて、私を愛してくれたの……。だって、お前たちは醜かったから。いつだって、美しいほうが選ばれるの。でもあの人は、あの女の元へ戻ろうとして、そして私を捨てようともした。許せなかった……。だって、心から愛していたから。いつか二人で小説家になろうって約束したの。だからあの人が死んでから、私、頑張って書いたのに……。でも、全然違うって。当たり前だよね。違う人が書いているんだから。だけど、私の小説だって、素晴らしいはずなのに。あの人への愛をたくさん、詰め込んだんだから……ねえ、栞、お前は、もう小説なんて書いてないよね？」

一人芝居のように、きっと栞も知らないだろうエピソードを披露してくれた母は、日記に書き残されていた通りの――いや、それ以上の酷い女だった。

でも私は、母のことを軽蔑できなかった。

だって母は私に、とてもよく似ていたから。だからきっとそんなふうに、心が壊れてしまうようことが母にもあったのだと思った。生まれたての私に「蛍」という美しい名前を与えてくれるくらいに、もともとはきっと心が澄んでいたはずだと思いたかった。

——そしてその日から、地獄のような日々がはじまったのは言うまでもない。

ゴミのように扱われ虐《しいた》げられながら、私はいつだって母に、自分が蛍なのだと告げたかった。

私が——あなたの、いちばん大切だった本当の娘なのだと。

そうしたらまた……家族と暮らしていた頃のように、幸せな生活を送れるのではないかと想像もした。

だけど、それを言うことだけは禁忌だった。

私は、栞の死を無駄にしたくなかった。

あの夜、栞はわざと体がバラバラになるように死んだ。

私に成り代わったと、ばれないように。

鈴《りん》と同じ場所へ行きたくないと、そんな私の身勝手な理由で、栞は代わりに死んでくれたのだ。

線路に落ちていた手に握られていたケータイ電話には、「永遠の親友へ」というタイトルで、メールが残されていた。

間違いなく、私に宛てたものだった。

本文には「殺してくれてありがとう」と、そう書かれてあった。

栞は、私の制裁に巻き込まれて死ぬことになったのに、なんでありがとうなんて言うのか、私にはわからなかった。

いつまでも、いつまでも涙が止まらなかった。

私は本当は、栞と親友になりたかったのだと思う。

だって栞は、他のどのクラスメイトより、私のことを理解してくれた。受け止めてくれた。私なんかよりずっと、素晴らしい人だったから。

はじめて栞の小説を読んだとき、本当に感動した。心が震えた。

なんて、きれいな心を持っているのだろうと、そう思った。

小説自体は、とても毒々しかったけど、その中に、限界まで磨かれた愛があった。

栞は生きて、もっともっと、小説を書くべきだった。

私はもっと栞の小説が読みたかった。

だから、奪おうとはしたけど、小説家としての栞の代わりになりたかったのは、嘘じゃない。

でも、こんな形で、自分が本当に栞になるとは、想像もしていなかった。

ねえ、栞。

私はあれからずっと、後悔している。

栞を――自分自身を、殺してしまったことを、後悔し続けている。

それでもこれまで生きてこられたのは、母の死期に、自分が蛍だと告げることを願っていたからだ。歳《とし》をとり、母が痴呆《ちほう》を患って、どれだけ介護が大変でも、私はそれだけを楽しみに生きていた。どんなにボケていても、蛍だと告げたら、きっと、笑ってくれると思った。

そして三日前、六月八日の早朝のことだった。

「もう一度、……蛍に、会いたい……」

ずっとまともに話せなかったのに、夢かと思うくらいはっきりとそう言いながら、母は死んでいこうとしていた。

母の口から蛍と名前を訊《き》いたのは、それが初めてだった。

ほんとうは、心のどこかで、里子に出した私のことなんて、忘れてしまっているかもしれないと感じていた。

でも母はずっと――私のことを、覚えていたのだ。

私を、愛してくれていたのだ。

「お、か、さん、わ、た、が、蛍、だよ――」

私は嗚咽《おえつ》しながら言った。

でももう、その声は母の耳には届かなかった。


葬儀からの帰り道、真っ黒な服を着たまま、私はふらふらと鴨川《かもがわ》沿いを歩いた。

もう辺りはずいぶんと、暗くなっていた。

その時、目の前を小さな光がふわふわと漂いながら通過した。

蛍——だった。

この顔で、人前にでるのが嫌だったのと、母の介護もあり、ほとんど家から出なかったせいだろう。

十八歳のときに見て以来だった。

私はあの日、本当の栞が死んだ日——、はじめて蛍を見たのだ。

栞が死んだことを確認する為に、私は少し遅れて駅に向かった。

線路上に散らばった血肉を見て、その罪の大きさを思い知り、膝から崩れ落ちた。

その時、目の前を通過した一匹の蛍が、一つ一つ、栞の欠片を照らすように飛んでいくのを見たのだ。

それはまるでこの世のすべての悲しみを集めたみたいに、切なくて、きれいな光だった。

蛍は、川の茂みへと飛んでいく。

その様子を目で追っていた私は、思わず、立ち止まった。

目を凝らすと——茂みには、無数の蛍が光を放ちながら漂っていた。

「わ、あ」

声にならない、感嘆の声が漏れた。

あまりにも、きれいだった。きれいすぎて、涙があふれた。

心から、美しさとは——、希望なのだと思った。

美しかった頃、私は、自分の美しさにどれだけ価値があるのかなんて、知らなかった。

だって、あんなに若くて、美しかったのに、誰よりも不幸だったのだ。

だけどこうして顔の一部が焼け爛《ただ》れ醜くなった今、私は、以前の自分が想像もできないくらいに不幸だった。

それは、美しかった頃とは、比較もできない。

どこへ行っても、誰からも話しかけてもらえなかった。

歩いているだけで、気持ち悪いと罵られた。

今の私の楽しみはもう、枕元に積み上げられた物語を読むことだけだ。

それは――自分がいちばん憎んでいたオタクと、何も変わりがなかった。

今なら、そうなるしかなかったのだなと、感じられた。

そういえば昔、鈴に叫ばれたことがある。

「醜く生まれて、永遠にきれいな人間と比べ続けられる私の生き辛《づら》さなんて、お前にはわからないんだよ！」

鈴の言う通り、わからなかった。容姿なんて、心のきれいさには関係ないと、心から思っていたからだ。美しく生きようと思えば生きられると、そう思っていた。だけど、それは自分が美しかったから、そう思えていただけなのだ。

マスクを外し、澄んだ川に自分の顔を映した。

もう私は、美しくない。すっかり、蛍でもなくなっていた。

これはきっと、罰なのだろう。栞を殺した罰だ。

あの時、私はいったい――何を、したかったんだろう。

何を奪われ、何を奪おうとしていたのだろう。

親友たちはきっとみんな、私を殺したかっただろう。

少女だった私は……、母のグラタンがもう一度食べたかった。ただ、それだけだった。

永遠に光が当たることのない暗闇の中、私は蛍が降ってくるかのように飛び交う道を、再び歩き出した。

いっそう暗い橋の下に差し掛かったとき、一人のホームレスが段ボールに横たわり、眠っている姿が目に入った。

汚らしい、もうずいぶん年老いたホームレスだった。

でも私には――それが誰なのか、すぐにわかった。

十何年ぶりに、心臓がどくどくと音を立てて動きだした。

さっき寄ったコンビニで買い物をした袋の中には、温めてもらったチーズグラタンが入っている。

私は、ホームレスの前に立つと、そのグラタンをそっと差し出した。

ホームレスは目を開けて、私を見上げると、うれしそうににこりと微笑んだ。

「ああ……そうか。今日は、特別な日だね……」

そして、煤《すす》けた手で私の焼けた頬を撫《な》でると、ただ静かに、そう呟いた。

（了）

みんな蛍《ほたる》を殺《ころ》したかった

二〇二一年　七 月二〇日　初版発行
二〇二四年　一 月二八日　一〇版発行

著者　木爾《きな》チレン

発行所　株式会社二見書房
東京都千代田区神田三崎町二－十八－十一
電話　〇三（三五一五）二三一一〔営業〕
〇三（三五一五）二三一三〔編集〕
振替　〇〇一七〇－四－二六三九

印刷・製本　株式会社堀内印刷所

木爾チレン（きなちれん）

1987年生まれ。京都府出身。京都府在住。

大学在学中に応募した短編小説「溶けたらしぼんだ。」で、新潮社「第9回女による女のためのR・18文学賞」優秀賞を受賞。

美しい少女の失恋と成長を描いた『静電気と、未夜子の無意識。』（幻冬舎）でデビュー。

その後、少女の心の機微を大切に、多岐にわたるジャンルで執筆し、作品表現の幅を広げる。

近著に、引きこもりの少女の部屋と京都が舞台の恋愛ミステリ『これは花子による花子の為の花物語』（宝島社）がある。

ISBN978-4-576-21101-5
https://www.futami.co.jp